JN287074

「だめって言われたから」

そう言って聡一郎は、興奮して乾いていた唇を、自分の舌で潤した。

その仕草がいやらしくて、ゾクゾクする。

（129Pより）

死神様と一緒

髙月まつり

illustration:
こうじま奈月

prism bunko

CONTENTS

死神様と一緒

五百蔵雄介《いおくらゆうすけ》は、四歳の頃に九死に一生を得た。

入退院を繰り返していた大事な友だちのために、両親と一緒に見舞い品を買おうとして出かけ、とんでもない目に遭ったのだ。

「早く向こうに渡ろうよ！」と言って母親の手を振り解き、大通りの横断歩道に向かって走った。赤信号で横断歩道を渡ることはなく、信号機の色が変わるまで待つことができたのだが、車道を走っていた一台のトラックが、ハンドル操作を誤り、物凄いスピードで雄介に向かってきた。

急いで駆け寄ろうとする両親の悲鳴と周りの叫び声が同時に響き、誰もが、雄介はトラックにはねられたかと思った。

だが、トラックは直前で右折して交差点の真ん中で横転した。

雄介は何が起こったのか分からないまま、涙を流す母に抱き上げられた。

あれからスクスクと無事に成長した今でも、父は酔うとそのときのことを語った。

「今思うと、あれは、何か不思議な力が働いていたような気がする」

四歳の頃の記憶なんてほとんどないから、雄介は「不思議ってなんだ」とよく突っ込みを入れたものだ。

不思議といったら自分のことよりも、むしろ、入退院を繰り返していた友人の方が凄い。

何せ、雄介が急死に一生を得たときに一度死んでいたのだ。

目覚まし時計の音は、どうしてこんなに人をイライラさせるんだろう。

即座に頭に血液を送るためなのか、それとも発明したヤツの性格が悪いからなのか、なんてことを思いながら、雄介は布団の斜め上にあるはずの目覚まし時計に腕を伸ばす。

が、時計に触れるよりも早くけたたましい音が消えた。

「おーはーよー……雄介」

「おう……」

そうだった。そういや昨日の夜はこいつがうちに泊まったんだ。

雄介はあくびをしながら体を起こし、寝ぼけて目覚まし時計を両手で抱えている友人の背中を軽く叩く。

「お前、髪が凄いことになってるから、シャワー浴びてこいシャワー」

少し癖っ毛の柔らかな髪は、今は見るも無惨に飛び跳ねて、大きな鳥の巣に見えた。

「んー……」

「おい聡一郎《そういちろう》」

「はい……」

「起きてるよな？」

半目で呑気な声を上げるボサボサ髪の聡一郎の顔を覗き込み、雄介は「イケメンが台無しだぞ」と笑った。

「まあ、寝起きは……仕方ないよ……」

「自分がイケメンだって認めやがった」

「へへへ」

どうにか頭に血が上ってきたようで、聡一郎は子供みたいな笑みを浮かべて立ち上がる。

尻に引っかかっていたスウェットを引き上げて腰の位置に戻し、肘まで捲り上げていたトレーナーの袖を元に戻すのをじっと見つめ、雄介は「この前みたいに、階段を転げ落ちるなよ？」と注意した。

「いや、あれは……さすがに」

長身を猫背にして部屋から出て行く姿は熊に似ている。

「さて、俺も起きるか」

二人分の布団を畳んで、部屋の隅に置く。押し入れに入れる気などまったくない。

目覚まし時計の針は、午前七時を指していた。

「今日の朝飯の支度は俺だったっけ。……あと、弁当……」

雄介はそう言うとTシャツの長袖を捲り上げ、自分の部屋から出て颯爽と階段を下りる。洗面台で顔を洗い、整える必要のない短い髪を手ぐしで梳いてから、歯を磨く。

聡一郎がシャワーを浴びているうちに、だし巻き卵を作って鮭を焼いて味噌汁を作ればいい。本日の味噌汁の具は豆腐とワカメだ。あとは、漬け物と焼き海苔も並べる。旅館の朝食のようだが、雄介は、朝はこれが一番だと思っている。

味噌汁の用意をする傍ら、冷蔵庫から鮭と卵を取り出した。

朝は、ぼんやりしていると時間がすぐに過ぎていく。グリルに鮭を二つ突っ込んで火をつけて、市販のだしを湯で伸ばしてだし汁を作り、そこにみりんを入れてから卵を四個入れてかき混ぜる。

すべてを一から手作り……ということはせず、使えるものはなんでも使った。

「手際いいな。俺って今すぐにでも嫁に行けるわ」

「だったら俺が嫁にもらいますー」

だし巻き卵を作りながらの独り言だったはずなのに、返事があった。

振り返ると、シャワーを浴びて髪がぺたんこになった聡一郎が笑顔で立っていた。

一七八センチの雄介と一八〇センチの聡一郎が揃ってキッチンに立つと、お互いに鬱陶しくなる。

「ジャマだから、向こうに行って髪乾かしてろよ」

「……俺、朝はパンがいいなって、いつも言ってると思うんだけど」

聡一郎は唇を尖らせて文句を言うが、雄介に臑《すね》を蹴られて口を閉ざした。

「パンじゃ昼飯まで持たねえっての！」

「途中でさ、コンビニ寄ってパン買えばいいと思うんだ」

聡一郎は子供の頃は体が弱く、入退院を繰り返していた。当然、友人などできない。そんな彼のたった一人の友人が「お隣に住むゆうちゃん」こと、雄介だった。

四歳の頃に心肺停止を経験し、奇跡的に助かった聡一郎は、今でもその「ゆうちゃん」にべったりだ。

父譲りの柔らかな癖っ毛と、母譲りの大きな瞳と長いまつげを持った色白美少年は、今では近隣の女性をときめかせる美青年へと成長した。

「菓子パンとかおやつとか、そんなのばっか食うな。また昔みたいに具合悪くなったらどうするんだよ。そんなに腹が減るなら、俺がおにぎり握ってやるから、それを食え」

「雄介の作るおにぎりは大きいから、そうなると今度は、残したくないのに昼の弁当を残

す ハメに……」

そんな美青年から鬱陶しいほど慕われている雄介は、クラスメートに「おでこちゃん!」と言われるほど額が見える短い前髪、猫のような大きな目が印象的というか、強烈な目力のせいで、知らないうちに他人にプレッシャーを与えてしまう(つまり怖がられている)、ちょっぴり難有りの青年だ。

怖いのは外見だけなのだが、並んで歩くのが聡一郎なので、「なぜその組み合わせ?」と通りすがりの人々がみな首を傾げる。

「その図体で『お弁当残しちゃう』はねーだろ! 食えよ! 全部!」

「食べてるよ」

「あ、冷凍庫からハンバーグときんぴらゴボウを二パックずつ出して。俺、今手が離せないから」

「はーい」

聡一郎はニッコリと微笑み、雄介の言うとおりにした。

「あと、弁当箱に飯つめて」

「それまで俺がやんの?」

「俺は今、だし巻き卵の最後の工程をクリアしようとしてるんだ。何もしないお前が動くのは当然だっての」

「分かった」

「俺、大盛りな？」

育ち盛り食べ盛りの男子高生の弁当箱は、見た目よりも容量が大事で、というかかなり重要で、雄介は手首を使ってだし巻き卵を返しながら、聡一郎が弁当に盛る飯の量をチラチラと見る。

「ちゃんと盛るから安心して」

「盛るのはいいけど、盛りすぎるなよ？　朝飯用がなくなる」

「雄介はうるさいなあ」

「言わなきゃ、めいっぱい盛るだろがー」

「はいはい」

肩を竦める聡一郎の横で、雄介は見事なだし巻き卵を作り上げた。


小学三年生で母を亡くした雄介は、それ以来父と二人暮らしをしている。

だがその父も、雄介が中学に入った頃から仕事が忙しくなり、一年の殆ど家を空け、雄介は「一人暮らし状態」だ。

それをよしとしなかったのが、お隣且《か》つ、雄介たちが生まれる前から家族ぐるみで仲の良かった明里《あかり》家で、「一人は心細いだろうから、うちの聡一郎を使って」と、明里家の末っ子であり雄介の幼なじみである聡一郎をたびたび「派遣」した。

「俺の弁当にだし巻き卵の切れ端、ちゃんと入れてね」

卵焼きの切れ端や巻き寿司の切れ端など、食べ物の切れ端が大好きという変わった嗜好を持つ聡一郎に、雄介は顔をしかめた。

「入れてやるけどな？　好きだっていうから入れてやるけどな、いいかげん、そういう端っこ好きは直した方がいいぞ？」

「食べ物の好き嫌いがあるわけじゃないんだから、別にいいじゃん」

「ちゃんとしたものを食べさせてないみたいだろ。それでなくったってお前、小さい頃は病弱で、食が細くて大変だったんだから」

ダイニングテーブルに向き合って、二人は時間を見ながら食事を始める。

「雄介の作るご飯は美味しいから、俺は満足してます」

「ならいいけど」

味噌汁は少し薄かったかもしれない。でもこれなら許容範囲だ。最近、なぜかたまにこういう微妙な味の味噌汁が出来上がってしまう。すっかり目覚めたつもりだったが、両手はまだ寝起きのままなんだろうか。

雄介はそんなことを思いながら味噌汁を飲み、聡一郎に視線を移す。

彼は一気に半分ほど味噌汁を飲んでいたが、「うん美味しい」と言った。

聡一郎は薄味が好きなわけじゃない。昔から、雄介の作った料理が好きなのだ。

ネットからレシピを拾って豚汁を初めて作ったとき、野菜は生煮えで、汁は豚肉の脂でギトギトになった。塩気ばかりの妙にねっとりとする豚汁を飲んだときも、今のように「うん美味しい」と言って飲み干し、腹を下して次の日学校を休んだ。

「不味いときは不味いって言え」

「なんで？　雄介の作った料理はみんな美味しい」

微笑みながら言う台詞か、それ。

雄介は気恥ずかしくなって、視線を逸らす。

「……そんなことより、俺はクラス替えの方が重要だよ。一年のときみたいに、また雄介と違うクラスだったら、俺は学校やめる」

「どうだろうな。俺も、お前の世話してーから、できれば同じクラスがいいんだけど」

「うん。俺も雄介にずっと世話をしてもらいたい」

「あのな、俺はな、末っ子長男のお前が無事一人で生活できるようにしてやりたいって思ってんだぞ？　お前の言ってる意味と違う」

聡一郎には、少し年の離れた三人の姉がいる。

美人三姉妹としてファッション雑誌の読者モデルとして人気を博し、三女は本当にプロのモデルとなりパリ在住。長女はその雑誌が縁で海外の有名ファッションデザイナーと結婚し、ロンドンで暮らしている。次女は「美しき演技派」と呼ばれる女優・明里リョウコ。彼女は語学力を生かして日本とアメリカで活動している。

この三人の姉が聡一郎を「可愛い」「可愛い」と甘やかし続けたせいで、いや、実際子供の頃の聡一郎は天使のように可愛らしかったのだが、自分のことは何一つできない、いいのは顔だけの馬鹿男に成長してしまった。

(取りあえず、お勉強はできたので、雄介はそれだけは本当に安心したが)

しかし姉たちは「じゃあ雄ちゃん、あとはよろしく！」と、聡一郎を可愛がるだけ可愛がって自分の生きる道に突き進んでしまった。

残された雄介は幼なじみの意地もあって、「聡一郎を顔だけの男にはしない」と誓って今に至る。

「もしかして俺、雄介に捨てられちゃうの？」

「なんでそうなる」

「俺がさ、なんでも一人でできるようになったら、雄介は俺から離れていくんでしょ？」

「お前、俺を生涯独身にするつもりか？　結婚させろ。そしてお前も、いずれは結婚する」

「……多分俺たち五年十年経っても、こうして向かい合ってご飯食べてると思う。そんな予感がする」

「最悪だなそれは」

「生きてる間だけなんだからさ、一緒にご飯食べられる。俺のことずっと世話してよ、雄介」

「なんだそりゃ」

自分には死んだあともやることがあるような言い方しやがって。

すっかり朝食を平らげて「お腹いっぱい」と笑う聡一郎を見て、雄介は首を傾げた。


「明里君、おはよう」

「明里君、帰りに校門で待ってるから来てね？」

「あ！　私も！」

「今日も明里君に会えてラッキー！」

……いつもの登校の光景だが、本当にウザい。

雄介は、聡一郎に黄色い声をかけている他校の女子高生を一瞥してそう思った。

最寄りの桜ヶ山駅を下りて東口大通りに出た途端、女子高生たちが聡一郎に声をかけてくるのは当たり前の光景だが、朝っぱらからテンションの高い女子の声を聞きたくない。

しかも最近、騒ぐ女子が増えたような気がする。

「さっさと歩けよ。お前が愛想を振りまくから向こうだってうるせーんだ」

「無視はできないよ。それが原因でストーカーになられたら困るし」

「そりゃそうだけど」

雄介は眉間に皺を寄せ、聡一郎の少し前を歩き始めた。

桜ヶ山駅は、共学校一校、女子校二校、男子校二校の最寄り駅となっており、朝夕様々なデザインの制服を見ることができる、制服マニアの聖地の一つとなっていた。

中でも、男子校である私立桜ヶ山高等学校は、制服が格好いいと女子に大人気だ。

モカ色の三つボタンブレザーに白のワイシャツ、学校指定のベストとカーディガンは、生成り色とチャコールグレーの二色から選べ、スラックスはグレーにカーキのタータンチェック。ネクタイは学年ごとに色が違う。

その、桜ヶ山高校の格好いい制服を着た聡一郎は、とにかくモテる。

三人の姉たちに「女の子を大切にすること」と言われ続けたせいで、近づいてくる女性を邪険にしないものだから、これまたモテた。

ただキャーキャーとモテるだけならいいのだが、中には勘違いして思い詰める女性徒も出てきて、中学三年のときに複数のストーカーからホラー映画も顔負けの恐ろしい目に遭わされた。

『俺、女子のいない高校に行きたいんだけど、雄介も一緒に行ってくれるよね？』

『行くのは構わないが、お前の頭なら……俺の行きたい男子校よりもう一ランク上に行けるだろ』

『そしたらもう共学しかないもん。俺、女子に一日中まとわりつかれるのは本当にいやなんだよ』

……というわけで、聡一郎は雄介と一緒に桜ヶ山高校を受験し無事入学を果たした。

「まあ、女の子に声をかけられるぐらいなら問題ないよ。そんなことより、早くクラス分けを見たい。ね？　早く学校に行こう」

いきなり右手首を掴まれて、引っ張られる。

その光景に、背後の女子高生たちが「何あれ」「ずるい」と大きな声を上げた。

何かが頭にぶつかった気がして振り返ると、地面に一口チョコが落ちていた。

食べ物を粗末にするな！

雄介はムッとして、落ちたチョコを拾った。食べるつもりではなく、ちゃんとゴミ箱に捨てるためだ。なのに「拾ってるキモい」と言われる。

その言葉に、聡一郎が笑顔でキレた。

「食べ物を大事にしない子は、俺、嫌いだから。二度と話しかけないでね」

悪さをした女子高生をじっと見つめて、「分かった？」と再度微笑む。

女子生徒の顔がいきなり青くなり、彼女は仲間の中に入ろうとしたが、誰も聡一郎に嫌われたくないのか、彼女を遠巻きにした。

なかなか、えげつない光景だと雄介は思う。

「ゆうちゃん、行くよ」

ああこいつ、ほんと子供の頃から変わってねーな。沸点低い。けど俺も、今日みたいにもの投げられたのは初めてだな。

怪我をしたわけではないが、朝っぱらから何かこう……心の中がモヤモヤする。

「ゆうちゃんてば」

「ゆうちゃんって呼ぶな」

そりゃ小学生の頃の呼び名だ、馬鹿。

雄介はキッと聡一郎を睨んで、歩きだした。


一階の職員室前に張り出されたクラス分けの貼り紙の前では、大勢の生徒がひしめき合っていた。

「おはよう、五百蔵、明里。俺ら、今年からクラス一緒だ。よろしくな」

一年のときに雄介と同じクラスだった栄浪要《えなみかなめ》が、飄々とした態度で雄介たちに近づいてくる。

いつも冷静な地顔が笑顔で可愛くなるのは部活動をしているときだけで、周りからは「部活以外でも笑えば可愛いのに」と言われている。

「宇野《うの》は？　あいつクラス別だったか？」

「そんなに俺と離れたくなかったのか？　五百蔵」

背後から宇野喜裕《よしひろ》に抱きつかれて、雄介は裏拳で対応する。

「痛い。五百蔵の愛が痛い……」

「で？　クラスは一緒なのか？」

するると宇野は、鼻を押さえながら右手でVサインをした。

垂れ目が可愛いと、他校の女子に人気のこの男は、小学生の頃から現在も継続してモデルをしている。確かに背は高いし整った容姿をしていて、他の男子生徒をルックスで圧倒しているが、幼い頃から間近で美形の聡一郎を見ていた雄介は、臆することなく話しかける。それが宇野も嬉しかったのか、初めて話しかけた中学一年のときから今まで、ずっと仲のいい友だちだ。

「みんな一緒でよかったな」

雄介の言葉に、それまで黙っていた聡一郎が目を潤ませて、彼の手を握り締める。

「うん。本当によかった。俺……雄介と離れたら生きていけないところだった。修学旅行も文化祭も、運動会も球技大会も……全部一緒に参加できる。俺はもう、二度とゆうちゃんと敵同士にならない！」

「だから『ゆうちゃん』はやめろ」

大勢の人の目があるが、聡一郎は一年生のときからこんな状態だったので、誰もが「明里だ」「また明里かよ」で終わる。

「相変わらず大げさだよな、明里は」

「早く教室に行こう。席はきっと座ったもん勝ちだ」

栄浪が、二年の教室に続く階段を指さした。


聡一郎と宇野が「ごめん、席を譲ってくれる？」とキラキラした顔で微笑んだお陰で、窓際の前後四つの席を確保できた。

席を譲ったクラスメートは「明里と宇野に微笑まれた。イケメンの威力ヤバイ」と友人に語っているが、雄介に言わせれば「男に微笑まれて席を譲るお前の方がヤバイ」となる。

これから二年間同じクラスになる連中を、教室の端からのんびりと眺め、悪くない人選だと心の中で安堵した。

去年、何かと聡一郎にちょっかいを出していた連中がいないのが、実に清々しい。

『ゆうちゃん、俺、犯されたらどうしよう！』

昼休みに中庭で仲良く弁当を食べていたところに、そんな物騒な台詞を吐かれたときは、本当にびっくりした。心の底から驚いた。雄介が「聡一郎を顔だけの男にはしない」と誓ったのに、男どころか「女子」にされたらたまったもんじゃない。

その場で一緒に弁当を食べていた宇野と栄浪も、飲んでいた水を噴き出すほど驚いた。

話を聞くと「綺麗な顔してる」「スタイルがいい」「彼女いないのか？」「一緒につるもうぜ」と、何かと話しかけてくる集団がいるらしい。聡一郎だけクラスが違ったので、そんな怪しいことになっているとは知らなかった。

聡一郎のでかい図体が押し倒されるとは思わなかったが、万が一を考えて行動した。

その結果、敵は「どうやら明里にはウザい保護者がいるらしい」「実に面倒臭い」と思ってくれたようで、勝手にフェードアウトしてくれた。

さすがに今年は、去年のようなふざけたことは起きないだろう。

雄介は、自分の後ろの席に座っている聡一郎に視線を移した。

「何？　雄介」

自分を見てもらえたのが嬉しいらしく、聡一郎は笑顔を見せる。

雄介は無言で、聡一郎の頭を撫で回した。

「お前さ、俺が入ってるモデル事務所に来い。な？　すぐ人気が出るから。お前のその顔を世の中に埋もれさせておくの勿体ない」

聡一郎の隣の席に座っている宇野が、真顔でスカウトし始めた。だが聡一郎は「絶対にいやだ」と言って首を左右に振る。

「でもー」

「いやがってるんだからやめておけ」

雄介が怖い顔で諭すと、宇野は黙った。ここで口を出せば、百倍の小言になって戻って来るのを中学生のときにすでに理解しているのだ。

「……そういや、今日は始業式とHR《ホームルーム》だけで終わりなんだよな？　なんで弁当持ってこいって言われたんだっけ」

雄介の問いかけに、栄浪が「そういえば」と首を傾げる。

「入学式の椅子並べが待ってるよ。春休みに部長が『新二年は、入学式の準備をする伝統がある』って。だから弁当持参」

聡一郎が「面倒臭いね」と付け足して、ため息をついた。

「入学式が終わったら、いよいよクラブ勧誘が始まるのか。どれだけ集まるのか楽しみだな。一年が多ければ、文化祭でいろいろできるし」

宇野がニヤニヤ笑いながら言うが、栄浪が「勧誘しづらくないか？」と真顔で言った。

「大丈夫じゃね？　料理なら、ハマれば男の方が凝ったもの作りたがるし、裁縫ができると一人暮らしのときに楽だ」

「あと、明里を躾《しつ》けるのに便利だよな」

栄浪が珍しく笑顔を見せて、雄介に視線を向ける。

「その通りだ」

「え？　なんで俺？　俺は躾けられてんじゃなくて、雄介に世話されてるの。そこを間違えちゃ困るよ、栄浪」

胸を張って言う聡一郎の頭を軽く叩きながら、雄介が「威張ることか」と突っ込みを入れた。

長身で体格のいいこの四人が所属しているのは、運動部ではなく「家事部」。

雄介は「料理の基礎と応用は大事だ。家事は奥が深い」と、家事マスターになるのが目標で、聡一郎は「他校の女子にキャーキャー言われるから運動部はいやだ。あと、雄介と離れたくない」と言ってはばからない。

栄浪は、運動部の勧誘に捕まって困っていたところを雄介に「よかったら一緒に入らないか？」と助けてもらって「家事部」に入り、宇野は「料理のできるモデルはモテモテだと思うんだ」という理由で選んだ。

「……ところでさ、五百蔵」

宇野が雄介に話しかけたところで、担任が教室に入ってきて会話が途切れた。

担任のかったるい話と、放送による校長の挨拶が終われば、今度は入学式の設営になる。

生徒たちは口々に「業者にさせればいいのに」と文句を言いながら、パイプ椅子を積んだ台車を押して体育館に向かった。

新三年生たちは「ガンバレよー」と笑いながらさっさと下校していく。

一年の下駄箱に、組ごとに番号札を差し込み、玄関正面の受付用テーブルに白い布と紅白の花を飾った。

新二年生全員で、昼休みを挟んで黙々と作業し、午後二時にはすべての作業が終わった。

教師たちは「おつかれさん！」と口々にねぎらってくれたが、別に何かもらえるものでもない。完全なる無料奉仕だ。

「帰り、カラオケにでも行く？」

宇野が「行くなら予約するけど」と携帯端末を取り出して、雄介たちに声をかける。

聡一郎が「行く」と手を上げた。栄浪も「俺も」と続く。

「そんじゃ、四人で予約取るわー」

宇野は雄介に「どうする」とわざわざ聞かない。聡一郎が行くといったら雄介ももれなく付いてくるのを知っている。

「お前、仕事はどうなってんだよ。暇なのか？　モデル様」

「ひどいな五百蔵。俺はですね、仕事は週末にしてもらってんです！　知ってるくせに」

宇野は唇を尖らせて、予約をし終えた携帯端末をブレザーのポケットに仕舞い込んだ。

「俺……女子校の下校時間になる前に、早く駅前に行きたい」

聡一郎はスクールバッグを小脇に、雄介のブレザーの裾を引っ張る。

「俺もそれがいいと思う」

栄浪も真顔で頷く。

「そんじゃ、行きましょっかねー」

宇野が音頭を取って先頭を歩きだした。

途中で「明里くーん」「宇野くーん」と声をかけられはしたが、今朝のように何かをぶつけてくる女子生徒はいなかった。

「大丈夫だったね。よかった」

朝のことをずっと気にしていたのか、聡一郎は雄介の顔を覗き込みながら笑顔を見せる。

「そうだな」

「何かあったのか？」

栄浪が話に加わった。

「ああもう聞いて！　栄浪！　ゆうちゃんがね！　他校の女子にね！　頭にチョコぶつけられたんだよ！　俺腹立ってさーっ！」

「食べ物を武器にするのか？　女子は」

栄浪は「ほほう」と目を丸くし、聡一郎は「武器というよりいやがらせでしょ」と口を尖らせる。

宇野は無言で、さっきからリモコンで曲をいくつも勝手に入力していた。

「おい、歌いに来たんじゃないのか？」

雄介は、宇野が勝手に入力しているリモコン装置を取ろうとしたが、彼に「ちょっと待って」と微笑まれて、仕方なく手を引っ込めた。

そこへ、ジュースとスナックをトレイに載せた従業員が入ってくる。

一番ドアに近い雄介が、従業員からグラスを受け取っていたが、自分の烏龍茶のグラスを掴んだ途端、いきなり底が抜けてスラックスが水浸しになった。

「え？」

従業員は「申し訳ありません、替えを持ってきます」と言いながら、すぐさま部屋を出て行く。

「雄介大丈夫？」

「いやわりぃ、ちょっとこれ、脱ぐわ」

今更恥ずかしがる仲ではないだろうと、雄介はスラックスを脱いでソファの背に広げた。

少し濡れたからと、ブレザーも脱ぐ。

ワイシャツにネクタイ、ボクサータイプの下着姿で座り直す雄介に、栄浪が「さすがは五百歳だ」と感心した。

「ゆうちゃん、それ、足元が靴下にローファーってのエロいからやめて！　というか、まだ寒いから俺のブレザーで股間を温めて！」

聡一郎がいきなりブレザーを脱いで、雄介の下半身を覆った。

「おお、ありがとな。でも『ゆうちゃん』はやめろ」

タイミングよく、従業員が大量のおしぼりと新しい烏龍茶を持ってやってくる。

さすがに二度目は慎重にグラスを受け取り、濡れたおしぼりと新しいおしぼりを交換した。

「さて」

宇野がぱんぱんと両手を打ち、全員を注目させる。

ボックス内には宇野の入れた曲が流れているが、それはＢＧＭだ。

「五百蔵。俺が朝、何か言いかけたのを覚えてるか？」

「あー……、ああ、なんなんだ？」

「五百蔵になんか憑《つ》いてる」

けろりと言う宇野に対し、残りの三人は頬を引きつらせて「またか！」と心の中で合唱した。

宇野はいわゆる「見える人」で、子供の頃は「嘘つき」呼ばわりされて苦労したらしい。そのせいで、よほど心を許した相手にしか、こういうことは語らない。そして彼は「見える」だけであって、祓《はら》うことは門外漢だった。

「最初はまあ、そのうち離れるタイプのもんだろうなと思ってたんだけど……なんかな、違うみたい」

「何がどう違うんだよ！　つつーか、俺に何が憑いてんだよ！」

「うーん……見た目だけなら……細マッチョのイケメン？　みたいな？」

なんだそれ！

雄介は、見えるはずないのに何度も振り返る。

「ゆうちゃんの傍にいるイケメンは俺だけで十分だと思うんだけど！　なんだよそれ！

イケメンはいらない！」

聡一郎は両手をバンバンとテーブルに叩き付けて怒りまくった。

「うるさい！　聡一郎！」

「だって！　得体の知れない変なものにゆうちゃんを取られるのいやだっ！」

バンバンバンと、聡一郎は子供らしさ全開でテーブルを叩く。

「……で？　その細マッチョは五百歳にどんな悪さをしているんだ？」

栄浪が冷静に、宇野に尋ねた。

「悪さというか……なんか、不幸系。それ以上は俺にはよく分からない。悪い」

不幸系と言われて、雄介はピンときた。

微妙な味噌汁の味、投げ付けられたチョコ、いきなり底が抜けたグラス。

ピンときたが、本当にこれが不幸なのかと言われると、ハッキリとは頷けない。

「祓った方がいいよな。聡一郎もうるさいし」

「最初は小さな不幸でも、それが積み重なったときが怖いと思う。俺、友だちの死亡事故をテレビのニュースで見たくないし」

宇野は両手で自分の頬を包み、「本物の祓える人、紹介するよ」と雄介に言った。

「ゆうちゃん、祓ってもらおう！　おじさんは海外でしょ？　うちの父さんと母さんに付き添ってもらって、祓いに行こう！」

「うるさい、聡一郎」

「ゆうちゃんが死んだら、誰が俺の世話をするんだよ！　ゆうちゃんまだ寿命いっぱいあるんだから、死ぬまで俺の面倒見てよ！」

それはもしやプロポーズだろうか。

宇野と栄浪は顔を見合わせて、生温かい笑みを浮かべた。

そして雄介は「何言ってんだ馬鹿」と言って聡一郎の頭を叩く。

「家庭内暴力反対……」

「お前が馬鹿なことを言ってるからだ。とにかく、お前がまず落ち着け」

「ゆうちゃん死なないで」

聡一郎は黙る代わりに、雄介に抱きついた。

「悪いな、こいつ、末っ子長男だから甘ったれなんだ」

それで片付けていいわけはないが、いつもの光景なので宇野も栄浪も何も言わない。これは雄介と聡一郎の問題だ。

「じゃあさ、祓うって決めたらいつでも俺に連絡ちょうだい」

「おう。宇野の顔の広さにはいつも感謝してる」

「まあ俺、業界人ですから」

「そういうチャラチャラしたところがなければ最高だ」

雄介の言葉に栄浪が飲んでいたコーラを噴き出す。

「明里だってチャラチャラしてると思うけど？　俺とどう違うわけ？」

「え？　聡一郎はキラキラしてて眩しいじゃないか。こういう綺麗な顔の男は、そういないぞ？　なあ、栄浪」

話を振られた栄浪は、真顔で頷いた。


別れ際に「不幸に気を付けろ」と言われて、雄介は肩を竦めた。

着替えはないので、烏龍茶で濡れて冷たいスラックスを穿き、ブレザーを着る。

駅の自動改札口でＳｕｉｃａ定期券をかざして構内に入り、帰りの電車が来るのを待った。

「雄介、ねえゆうちゃん、あんまり線路の側に行かないで。危ないから」

くいくいとブレザーの裾を引っ張られて、雄介は「おう」と頷く。

「……俺が祓えるかもしれないって言ったら、雄介はどうする？」

「ん？」

「いやほら、雄介に憑いてるキモいイケメンの霊をさ」

「素人がどうにかできるもんじゃねーだろが」

「だって……」

「俺だってやだよ。けど、憑いちゃったもんは仕方ねーじゃん」

「俺が祓いたい」

「危ないことすんな、馬鹿」

雄介は、「気持ちは嬉しいけどな」と言って、聡一郎の腰を優しく叩いた。

「……ゆうちゃんは、ほんとに子供の頃から変わってないね。強くて優しくて、頼り甲斐があって、俺の世話をしてくれる」

「お前が弱かったからな。こんなに育ちやがって。美少年は華奢で小さいってのが相場だろ？」

「俺もゆうちゃんを守りたかったので、頑張って伸びました」

「だから、そのゆうちゃんはやめろ」

「雄介って呼ぶのと大して変わらないと思うんだけど」

「大いに変わるっての」

男子高校生が「ちゃん付け」で呼ばれるのは恥ずかしい。いくら相手が幼なじみであっても、いや、幼なじみだからこそ、察してほしいと思う。

雄介は不機嫌な顔で乗車案内を見た。

電光掲示板に「間もなく電車がやってきます」と掲示される。

雄介は、ホームに入ってきた電車の風が、聡一郎の柔らかな髪を揺らすのをじっと見つめた。


一年生が入学して、これでようやく三学年揃った。

桜ヶ山駅のホームも、真新しい制服を着た初々しい一年生たちが目立つ。

「この駅ホームが狭いのに、ヒヨコちゃんたちがいっぱいで大変だ」

聡一郎は雄介の腕を掴んだまま、「ごめんねー」「通らせてねー」と言って、半ば強引にホームを歩く。

「お前、恥ずかしいからやめろ」

「雄介が恥ずかしいなら、仕方ないから離してあげる」

ポンと、聡一郎の手が離れた途端、雄介は端へ端へと押し出されて、なんと、線路に落ちた。

女子高生の悲鳴があちこちから上がる。

「ゆうちゃん！」

聡一郎は人混みを掻き分け、必死に走った。

通勤通学ラッシュの時間、次の電車がいつホームに入ってくるか分からない。

「ゆうちゃん！」

線路の端に駆けつけた聡一郎は、脇腹を押さえて体を起こす雄介に手を伸ばした。

雄介もそれに気づいて手を伸ばす。

「早く！」

聡一郎が叫ぶ。

線路に落ちた瞬間にレールで打った脇腹がずきずきと痛んだが、立ち止まってる場合

じゃない。

雄介はようやく聡一郎の手を掴み、そのまま引っ張り上げられた。

周りは拍手をしているようだが、手の動きしか分からない。雄介は全身にいやな汗をかき、聡一郎の胸に頭を押しつけて体を震わせた。

「ゆうちゃん！　無事でよかった！」

泣きながら抱き締める聡一郎に、雄介は「大丈夫だ」と言って背中を叩いてやる。

血相を変えた駅員たちが、乗客たちを整理しながら二人に近づいた。


「……で、五百蔵はそのまま救急車で病院に行き、お前は学校へ来たと」

「無事でよかったじゃないか」

涙目で教室に入ってきた聡一郎は、宇野と栄浪にボソボソと一部始終を話した。

雄介の線路落下事件で教室が騒がしい。

正確に情報を伝える者もいたが、中には「轢《ひ》かれたらしい」や「落ちて大怪我をしたそうだ」とデマを流す者までいた。

「目の前で線路に落ちて、俺はあのとき死を覚悟した。ゆうちゃんが死んだら俺も死ぬ」

「おいおいおい、落ち着け、明里」

栄浪が「甘いものでも食べろ」とブレザーのポケットから飴を取り出して、聡一郎の手に握らせる。

「俺も救急車に乗りたかったのに、ゆうちゃんは『だめだ。学校へ行け』って。俺は幼なじみなのに、身内扱いもしてもらえなかった」

「泣くな」

栄浪は、今度はハンカチを聡一郎の手に握らせた。

「桜ヶ山駅のホームは狭いし、ラッシュ時にむっちゃ混むのはいつものことだろ？　やっぱ、お前と一緒に早くお祓いに行った方がいいと思う」

宇野は、聡一郎の肩の辺りをじっと見つめてため息をつく。

「え？　何？　何か余計なものでも見えてるの？　まさか俺に取り憑いてる何かがゆうちゃんに酷いことをしてるとか？」

内容が内容なので、聡一郎は声のトーンを低くした。

栄浪も眉間に皺を寄せて宇野を見る。

「明里、お前さ……何背負ってんの？　大きすぎて俺には見えないけど、なんか、物凄いもん背負ってね？」

聡一郎が首を傾げる前で、宇野は続けた。

「初めて会ったときから、こいつすげーの背負ってるって思ってた。けど、その頃はまだ親しくなかったし、危害を加えるとも思えなかったから言わなかった。……でも、ここんところの五百蔵のトラブルを考えると、お前が背負ってるものも関係してるんじゃないかって思えてさ」

「じゃあ、ゆうちゃんが怪我したのは、俺のせいでもあるってこと……？」

聡一郎は借りたハンカチをぎゅっと握り締める。

「お前さんのせいじゃないでしょ。だから、二人一緒にお祓いに行けと」

「俺もそうした方がいいと思う」

宇野と栄浪に静かに諭され、聡一郎は涙目で頷いた。


その日、雄介が教室に戻って来たのは四時間目が始まる少し前だった。

クラスメートに「生きてた！」「すげえ！」「さすがは五百蔵」と訳の分からない出迎え

方をされて、雄介の眉間に縦皺ができる。

「ゆうちゃーん」と泣きべそ顔で飛びかかってきた聡一郎を右手で張り倒してから、ヒラヒラと手を振っている宇野と栄浪の元に向かった。

「あいつ、俺のことなんて説明したんだ？　下駄箱んとこでも、三年に『五百蔵、お前不死身か』とか驚かれたんだけど」

「明里は『ゆうちゃんが死んじゃう』ってずっと泣きべそかいてた。『明里君可愛い』って写メ撮ってるヤツが結構いた」

「俺が貸したハンカチを涙と鼻水でグショグショにした」

宇野と栄浪の言葉に、雄介は両手で頭を抱える。

俺がいないだけで、お前はどこまでだめな男になるんだ！　それと、あとで聡一郎の写メ撮った連中を突き止めて画像削除だな。男のストーカーとかできたら最悪だ。

雄介があれこれ考えている後ろから、聡一郎が再び抱きついてきた。

「ゆうちゃん！　怪我しなかった？　具合は？」

「抱きつくなよ、脇腹打撲でいてーんだから。あと無事だから泣くな馬鹿」

ポンポンと聡一郎の頭を優しく叩いてやったところで、予鈴が鳴る。

「離れろ」

「うう、離れがたい」

「キモいだろそれ」

「幼なじみはこれくらい普通」

「離れないなら、お前と一緒に昼飯食わねー」

聡一郎は何事もなかったかのように自分の席に腰を下ろした。

その変わり身の早さに、ギャラリーは唖然とする。

「ったく。図体はデカいのに頭ん中は子供かよ」

雄介は自分の席に着きながら、小さく笑った。


今日は天気がいいからと、弁当を持って屋上に向かった。

落下防止のフェンスで囲まれた屋上はまるで鳥かごで、仕方がないとはいえ、動物園の檻に入っているような気持ちにさせられる。

ベンチは三年生に占領されていたので、日当たりのいい場所を選んでコンクリートの床に直に腰を下ろした。

「今日の弁当は明里が作ったヤツ？」

栄浪が雄介の弁当を覗き込んで、「可愛いな」と小さく笑った。

海苔や錦糸卵、鮭のほぐし身を使ったお花畑弁当は、女子高生ならいいだろうが男子高生にはきつい。

「俺が目を離した隙に、遊んでやがった」

「でも美味しいよ？　お花畑の下には焼き肉が隠れてるという手の凝りよう」

自画自賛する聡一郎に、雄介のデコピンが炸裂した。

「……しかしまあ、朝のあの騒ぎのあとに、こうして一緒に飯が食えるとは思わなかった。本当に、無事でよかったな」

栄浪が真顔で頷き、ペットボトルのお茶を飲む。

いつも淡々としているが、こいつは本当にいいヤツだなと、雄介は栄浪の頭をヨシヨシと撫でた。

「ゆうちゃん、それ差別？　俺に対する差別？　どうして栄浪だけ頭を撫でてもらえんの？　俺には？　ねえ、ずっと心配してた俺には？」

「拳がほしいならくれてやる」

雄介の右手にぎゅっと力が入ったのを見て、聡一郎はすぐ大人しくなった。

「猛獣の躾かよ、それ。……で、五百蔵。お祓い行こうな？　絶対に行こう。とにかく俺が、先方に連絡をつけておく」

雄介は、いつもふわふわにこやかな宇野のド真剣な顔を見て、「そ、そうだな」と頷く。

確かにアレは変だった。いつもと同じように電車からホームに降り、ぎゅうぎゅう詰めの中を改札口に向かっていたはずだ。今朝が特別混んでいたわけではない。なのに、今朝に限って線路側に押し出されたのは不可解だ。華奢で小さな男子高生ならそれもあったかもしれないが、長身の部類に入りガタイもいい自分では無理がある。

「俺も、まだ若いのに死にたくないしな。料金の方は、親父に適当な理由を付けて、もらっておくわ。俺に甘いし」

「俺の世話をしてくれるゆうちゃんが先に死んだら、俺は路頭に迷うから」

「俺のためにも頑張って生きて行こうっていう前向きな考えにはならないのかよ、お前。あと、ゆうちゃんはやめろって言ったろ！」

「だって俺、ゆうちゃんが死んだら存在意義がなくなるし」

ちょっと待て。今のは聞き捨てならない。

宇野や栄浪もびっくりした顔をしている。

雄介は、もぐもぐと弁当を食べている聡一郎の頭を「こりゃ」と叩いた。

「痛い」

「お前な、ホントにな、馬鹿なこと言うな。俺とお前は別々の人間なんだぞ？　一緒くたにすんな」

「分かってるよ。でも俺はゆうちゃんが好きだし愛してるから、ゆうちゃんが死んだら生きてても仕方ないよなあって思ってる」

どうしよう重症だ。何がとは言えないが、聡一郎のいろんなところが重症だ。もしかして甘やかしすぎたのか、これでは「一人でなんでもできる男」にするどころか、「美形のゴミ」を作ってしまう。

雄介は「俺は丈夫だから、まずお前がしっかりしろ」と、弁当を食べ続ける聡一郎の背中をさすった。

「いや、なんというか……気づいてる？　ねえ気づいてる？　五百蔵。今、明里はお前に告白したんだよ？」

「俺も確かに聞いた。びっくりした」

宇野は冷や汗をだらだら垂らし、栄浪はどうしていいか分からずに、取りあえず水を飲んだ。

「え？」

「愛してるって言ったじゃないか。好きなら俺たちも何度も聞いてたけど、愛は初めてだぞ。そして、こんな綺麗な男に愛してるって言われて、『しっかりしろ』って返事するお前は男前だと思う」

行儀よくハンカチで顔の汗を拭く宇野の前で、雄介は首を傾げる。そして聡一郎に「お前、余計なことなんか言ったか？」と尋ねた。

「んー？」

聡一郎は弁当箱を横に置き、いきなり雄介の両手を握り締める。

聡一郎と宇野がいれば、目立ちたくなくても目立ってしまう。他のクラスの連中や先輩たちが、「あいつら何始めるんだ？」と、こっちを注目し始めたのが見えた。

「おい、聡一郎」

「ゆうちゃん愛してる。俺のために、二度と危ないことはしないで」

「はあ？」

「俺の気持ちが少しも伝わってないなんて、ホント、悲しいから。ゆうちゃんが死んでたら、俺は告白もできずに一生片思いのままだったんだよ？　だから、これからは俺と」

聡一郎が言いきる前に、「ゴツッ」と鈍い音がした。

雄介は、塞がっていた両手の代わりに、聡一郎の額に頭突きをかましたのだ。

「こんな人前で告白するヤツがあるか！　告白っていうのは、校舎の人の来ないところで二人っきりでするもんだ！　うちの学校でいったら、特別教室がある二階の手洗い場とか、職員用駐車場の脇とか！　そういうの、ちゃんとリサーチしておけ！」

ギャラリーから「おおお」「あってるあってる」とどよめきと拍手が起こるが、ここは男子校で、この場にいるのは全員男子だ。

「五百蔵、違う。突っ込むところ間違ってる」

もういやと両手で顔を覆っている宇野の代わりに、栄浪が頬を引きつらせて首を左右に振った。

友人たちがどうしてこうも打ちひしがれているのか、最初は分からなかったが、聡一郎の台詞と自分の放った台詞を頭の中で何度か繰り返して、ようやく理解した。

雄介は耳まで真っ赤にして「いや、違う。俺が言いたいのはそれじゃない」と、両手を振り回す。

「ところでゆうちゃんは、俺のこと……もちろん愛してるよね？」

周りのことなどまったく気にしない聡一郎が、晴れやかな笑顔で尋ねたので、雄介は「殴られたくなかったら『ごめんなさい』をしろ」と鬼の表情で言ってやった。

家事部は、家庭科準備室という名の「物置場」を部室代わりに使っている。

六畳ほどのここには布もミシンもあって、先達が文化祭の客寄せ用にとりあえず作ってみたという古ぼけたソファもあり、意外と居心地がいい。

「よう、五百蔵。明里に告白されたって？　今日のお前はいろいろと災難だったね」

雄介が「失礼しまーす」と部室に入ると、大きな熊のぬいぐるみが喋った。違う、熊のような体躯をした心優しき部長の友坂《ともさか》だ。その隣には、膝の上にノートパソコンを広げていた副部長の高浦《たかうら》もいる。

「多分、厄日です」

「まあそういうこともあるよね。で、今高浦が新人勧誘用のポスターを作ってくれてるんだけど、みんなの意見を聞かせてくれないかい？」

「はい」

そういえば、自分は高浦のポスターに心惹かれて家事部に入部したのを思い出した。

「俺も見たい」

雄介は背中に聡一郎を侍《はべ》らせたまま、「失礼します」と言って、ノートパソコンを覗き込む。

【文化祭で他校の女子と百パーセント仲良くなれる】

キャッチコピーはなんのひねりもなかったが、随分と欲望に忠実だった。

やたらと凝った言葉を使うよりは、男子高生の脳みそにスコンと入っていくだろう。

「文化祭は家事部の大舞台だもんね。去年のパーラー桜ヶ山は大盛況だったから、今年も上手くいきそう」

「こら、先輩には敬語を使え」

雄介にべしべしと頭を叩かれた聡一郎は、「今年も上手くいくと思います」と言い直す。

「宇野と明里を前面に押し出せば、今年も安泰だと思う。それに、五百蔵と栄浪という、男を呼び寄せるアイテムも揃っているしな。今年は着物でいこうか、友坂」

高浦が「にしし」と何か企んでいるような声で笑った。

「……男を呼び寄せるって聞こえたんですけど……なんですか？」

神妙な表情で部室に入ってきた栄浪は、高浦をじっと見つめる。

「んー？　五百蔵と栄浪は本物志向の男に好かれるタイプだから。男らしくて短髪でガタイがいい。性格も女々しくない……というか、雄々しいからな。あと、凛《りん》とした姿勢がいい。背が高いのに猫背のヤツは問題外だ」

男に好かれても嬉しくない。

雄介と栄浪は、先輩の分析を心の中で真っ向否定する。

「それよりも、一年がどんだけ入ってきてくれるかが心配だよ」

熊のような体躯なのにハートが繊細な部長は、むっちりとした手で心臓を押さえた。

「問題なく入ってくると思うぞ？　友坂。今日の五百蔵のホーム落下事件、あれな、うちの一年坊主たちも結構目撃してたって。『あのメチャクチャ綺麗な人は誰ですか？　線路に落ちた友人を片手で引っ張り上げたんですよ、メチャクチャ格好いい！』って、キャーキャー盛り上がってた」

「なんで分かるんだい？」

「俺、そのとき丁度、改札出たばっかだったから。何もしなくても声が聞こえてきた」

部長と副部長は呑気に言い合い、聡一郎は「俺ってかっこよかったんだ！」と雄介に抱きついたまま笑顔を見せる。

「はー！　疲れた！　失礼しまーす！」

ようやく現れた宇野は、聡一郎を見つけた途端「お前のせいだから」と文句を言った。

「俺、宇野に何もしてないよ？」

「一年坊主に呼び止められたんだよ。『モデルの宇野さんですよね？』って言われたら、そりゃあ立ち止まるだろ？」

「そうだね」

「そしたらさ、『今朝、線路に落ちた友だちを片手で引っ張り上げた、物凄く綺麗な人って誰か知りませんか？　宇野さんなら知ってるんじゃないかと思って！』って言われた。最悪」

垂れ目で怒っても迫力はないのだが、とにかく宇野は怒っている。

「でも教えたんだろ？」と栄浪が問えば、「当たり前だ」と答えた。

「目立っちゃったね、俺。でも、あのときはゆうちゃんを助けることしか考えてなかったから、仕方ないか」

呑気に笑うな。お前の下駄箱は、明日からラブレターの嵐になるぞ。男子校なのに。

……男子校なのに！

雄介は渋い表情を浮かべ、ため息をつく。

「まあまあ、三年間の高校生活、いろんなことがあるよ。今日はみんなで、全校集会でやる新人勧誘の演説を考えようじゃないか」

部長は、「ほら、みんな適当に座って座って」と部員たちを座らせた。

他校の女子たちがチラチラとこっちを見ているのはもう気にならないが、今日は男子生徒までもが聡一郎を盗み見る。

「お前……この先ストーカー被害に遭わないよう気を付けろよ？」

「俺にはゆうちゃんがいるから大丈夫」

「俺にだってできることとできないことがあるんだぞ？　おい」

「大丈夫だよ。ゆうちゃんが強いの知ってるし」

「はいはい」

適当に頷いていたところを聡一郎に腕を掴まれ、物凄い勢いで後ろに引っ張られる。と同時に鈍い音が響き、さっきまで雄介がいた場所に、砕け散った鉢植えが散乱した。

幸い誰にも当たらなかったが、周りの生徒たちは驚きと恐怖で悲鳴を上げる。

咄嗟に上を見たが、アパートのどのベランダにも、鉢植えなどなかった。

雄介は震える足で辛うじて立ち、聡一郎に「また助けてもらったな」と掠れ声で言う。

「あ、あれ……宇野に電話した方がよくね？　やっぱおかしいよな？」

こんなの偶然じゃないし、放置できる問題でもない。

雄介はブレザーのポケットから携帯端末を取り出す。

「うん。その前に、まず安全に家に帰るのが先」

「けど」

「大事な話があるから、急いで帰ろう」

ざわざわと人が集まってくる中、聡一郎は雄介の腕を掴んで駅に向かって歩き出した。


俺に憑いてる細マッチョのイケメンは、もしかしたらとんでもない霊なんだろうか。俺を憑き殺したいのか？　でもなんで？　殺されるなら体を乗っ取られることはないけど……理不尽な死に方は絶対にいやだ。

こうなると、見えるだけで何もできない宇野を恨みそうになる。

何も知らなければ、余計なことを考えずにすんだのに。

しかも聡一郎の様子まで何かおかしい。

いつもは「黙れ」と言ってもずっと喋っているはずの聡一郎が、黙ったままで気味が悪い。

それでも、車内にいる女子高生たちには「明里君のいつもと違う顔、格好いい」らしく、ピロリンと携帯端末で写真を撮る音が響いた。

「なあ、聡一郎」

「うん」

「お前もしかして……怒ってるのか？」

長い間幼なじみをやっているが、雄介は聡一郎が怒ったところを見たことがない。

怒りそうな場面では、いつも困った顔で「もー」と言い、あとは、怒るよりも愚痴や文句が多かった。

そのどれでもない表情を初めて見て、雄介は、なんで怒るのかは知らないが、聡一郎は怒っているのではないかという結論に至った。

「んー……怒るというよりも、俺ってなんにもできないなーっていう残念感？　みたいな？」

「取りあえず、俺を線路から引き上げることはできたし、さっきの植木鉢だって助けてくれたじゃないか。そこまで残念ってわけじゃねーよ」

「ゆうちゃんにそう言ってもらえると凄く嬉しいんだけど、でもね、俺……それでもだめなんだ。なんでこう残念なんだろう、俺って」

残念なのは随分前から知ってるけど、違う残念さなのか？

雄介は首を傾げた。

「宇野がなー、お祓いもできれば問題なかったんだけどなー」

「あいつをどんだけ万能キャラにするんだよ。モデルで見える人で祓える人って、映画の主役になるぞ」

それでも宇野ならできてしまいそうで怖い。雄介は、宇野が「将来的には俳優を目指したい」と言っていたことを思い出す。

「いやでも、今の俺でももしかして……」

「おい、顔。それやめろ」

「ん？」

「眉間に皺が寄って、変な顔になってる」

「ごめん。いますぐ、ゆうちゃんが好きな顔に戻すね」

聡一郎は眉間に人差し指を当てて、皺を伸ばすようにマッサージした。

自分の家に行くより先に、明里家に顔を出して「今日は病院に来てくださって、ありがとうございました」と礼を言う。

華やかな四姉弟を産んだにもかかわらず抜群のスタイルを保持している聡一郎の母は、「何言ってんの！　いつでもうちを頼りなさい。沙耶《さや》ちゃんだって天国からそれを望んでいるはずよ」と、自分より二十センチは大きな雄介をガッと抱き締めた。

「あの、脇腹……痛いんで……すみません」

「あらごめんなさい！　今日はうちでご飯食べていくでしょ？　ゆうちゃんは聡一郎と違ってご飯をいっぱい食べてくれるから、私嬉しくって！」

「母さん、じゃーまー！　それに今日は、俺がゆうちゃんちでご飯作る日なの！　ゆうちゃんからはーなーれーてー！」

聡一郎が、雄介と母親の間に割り込んできた。

「じゃあ、明日のお弁当は私が作ってあげるわね？　それぐらいさせて。それと洗濯物も寄越しなさい、一緒に洗うから」

「それも俺が全部しますー。はいはいゆうちゃん！　おうちに帰ろう！」

「あの、いつもありがとうございます！　明日の弁当、楽しみにしてますから！」

雄介は聡一郎に引き摺られながらも、数え切れないほど世話になっている聡一郎の母へ感謝を口にした。

「あらあら、いいのよ～」

自分の息子が言い出したら聞かないということを分かっている彼女は、困った顔で笑い、手を振る。

そのまま、隣家の自分の家まで引き摺られた。

勝手知ったる幼なじみの家、聡一郎は合い鍵でドアを開ける。

「あのな」

「今夜はシチューとカレー、どっちがいい？」

「カレーと肉じゃが。途中まで一つの鍋で作れんだろ？」

「ご飯、炊かなくちゃね。五合で足りるかなー」

「おい」

キッチンに向かおうとした聡一郎の襟首をむんずと掴み、引き戻す。

「ゆうちゃん、苦しい」

「俺に言いたいことがあるならさっさと言え」

「いや、その……やっぱりいいかなって。俺は今とっても幸せだし、この幸せが死ぬまで続けば、取りあえずオッケーみたいな」

視線を逸らした笑顔は気持ちが悪い。

雄介は「俺の目を見て言え」と低い声を出す。

「大事な話があるんじゃなかったのか？　おい」

「うん、でもその……ゆうちゃんが母さんと楽しく話してるの見たら、どうでもよくなってきたっていうか……」

「どうでもいいのか、そうでないのか、決めるのはお前なのか？　あ？」

「ゆうちゃん、怖いから。怖いからその顔やめて」

「うっせ馬鹿。さっさと言え。言ってから、カレーと肉じゃが作れ。米は俺が洗ってやる。あと、大声出させせんなよ？　脇腹がいてーんだ」

これが外だったら、美形の高校生をカツアゲしている不良だ。

しかしこれぐらい強く言わないと、聡一郎はすぐに話が脱線する。

「じゃあ、その……話はゆうちゃんの部屋でいい？」

聡一郎が階段を指さし、雄介は「分かった」と頷いた。

雄介があぐらをかいた向かいに、聡一郎が正座する。

さっさと言えばいいのに、指先でモジモジと畳をなぞり、どこか女々しい。

「おい」

「はいいっ！　ゆうちゃんに取り憑いてるイケメンマッチョは、多分俺が取り除けるんだけど、でも、そのときにゆうちゃんを怪我させちゃうかもしれないから、もうどうしていいのか分からない！」

待て。俺の方が、どうしたらいいんだよ。

聡一郎は両手で顔を覆い、土下座をする勢いで俯いている。

雄介は痛む右脇腹を左手でさすりながら、何を言おうかと言葉を探した。

「……あのね」

雄介が口を開く前に、聡一郎がしゃべり出す。

「ゆうちゃんに変なの取り憑いたの、俺、知ってた」

「は？」

「ほんと、本当にごめんなさい。俺のせいだ。俺の力が弱くなってるから、ゆうちゃんに迷惑かけた。ほんとの俺なら、ゆうちゃんに取り憑いた細マッチョぐらい簡単に引き剥がせたのに。今日なんか、二回も死にかけた。俺が役に立たなかったから……」

ごめんなさいと言いながら涙ぐむ聡一郎に、雄介は内心冷や汗を垂らした。

多分こいつは本気で言ってる。それは分かる。けどな？　この状態をどう受け止めたらいいんだ？　こいつは宇野と同じで霊感があって、見えたり祓えたりする人間なのか？　だったら、俺が知ってるよな？　それとも俺の知らないところで、いろんなもんを祓ってたとか？　いやいやいや、こいつの性格からして、「褒めて！」「俺がんばった！」って絶対に言ってくるはずだ。褒められるのが大好きだから。……じゃあ、こいつは「何者」なんだ？

雄介は腕を組み、ふうと小さなため息をついて聡一郎を見た。

「……ゆうちゃん」

「なんだ」

「俺ね、一番大事なこと、言ってない」

「聞いてやるから言ってみろ」

「でも言ったら、絶対にゆうちゃんは俺を嫌いになる」

「だから、それ、お前が決めることか？」

聡一郎は大きな体を縮こませ、両手で顔を擦った。小さな頃からの、聡一郎の癖だ。目が腫れるからやめろと言っても、泣きながらいつもゴシゴシと目を擦る。

「ちゃんと聞いてやるから、ほら」

「本当の明里聡一郎は、四歳の夏に死んでる」

「……え？」

「聡一郎は、もともと長生きできなかった。体が弱かったっていうのもあるけど、そういう運命だった。だから俺が、体を借りた」

淡々と話す聡一郎の前で、雄介は固まった。

宇野の「見えちゃうんだよ、いやなんだけどさ」という話は、彼との付き合いの長さで理解できた。本人も本当に困っているようで、むしろ同情さえした。だが、今の話はなんだ。聡一郎が本当に四歳のときに死んでいるのなら、だったら今、雄介の目の前にいる男は誰なんだ。

下腹に大きな石を載せられたような息苦しさを感じて、ただでさえ脇腹が痛いのに呼吸困難になりそうだった。

「あのね……俺ね……実は俺……人間で言うところの、死神なんです」

「こら」

考えるより先に手が出た。

雄介は腰を上げて、聡一郎の右頬を力任せに叩く。

「痛いよゆうちゃん！」

畳の上に転がった聡一郎は右頬を押さえ、涙目で怒鳴った。

「左手だ！　加減してやったんだからありがたく思え。聡一郎がもう死んでるってどういうことだよ！　もしホントに死んでるなら、なんでお前がここにいるんだ！　なんで俺を『ゆうちゃん』って呼ぶ！」

叫んでから、「いてて」と脇腹を押さえる。

救急搬送先の病院で、医師からは「もしかしたら肋骨にヒビが入ってるかもしれないけど、レントゲンじゃ見えないんだよね」と言われたことを思いだした。ヒビが入っていたら、胸をサポーターで固定して、くっつくのを待つしかないらしい。

「明里聡一郎の記憶は引き継いだんだ。四歳から今までゆうちゃんと一緒にいたのは俺だ」

「……どうして？　なあ、なんで死神とか、聡一郎が死神って……なんでだよ」

息は苦しいし脇腹は痛いし聡一郎は死神とか言ってるし、しかも今日は二回も死にかけたし、俺の今日の運勢は最悪だ！

雄介は唇を噛みしめて、グスグスと泣いている聡一郎を睨んだ。

「あの、発端は……」

「それを最初に言え」

「ゆうちゃんが、奇跡的に交通事故に遭わなかった、あの日」

雄介は目を見開いた。

父が言っていた。「あのとき、何か不思議な力が働いたような気がする」と。

「あの場所に、俺がいた。人間の生活振りをじっくり見たいなあって思って、のんびり見学してたときに、俺に向かってトラックが突っ込んできた。あのとき、ゆうちゃんが俺の後ろにいた。俺はそれに気づかなかった」

あのとき、自分の前に人なんかいなかった。それは覚えてる。親の手を離して、走って、信号が青になったらすぐ渡れるようにって、歩道の一番前に立ってた。周りには誰もいなかった。

「トラックの衝撃を受けて自分が消し飛んじゃったら困るから、『ちょっと曲がって』ってお願いしたんだ。そのあとに、後ろにゆうちゃんがいるのが分かった。ゆうちゃん小さくて、分かんなかったんだ。ホントごめんね」

いや待て、それだとお前は俺の命の恩人になるじゃないか。それなら話はまた変わってくる。もう少し、詳しく聞かせてもらおうか。

雄介は呼吸を正し、正座する。

「本当にごめんなさい。俺はゆうちゃんの寿命を操作してしまった。ゆうちゃんはあの事故に巻き込まれて即死するはずだったのに」

「お、おい……」

「だからあのとき、病院で死んだ明里聡一郎の体に入った。死にたてホヤホヤじゃないと、上手く合体できないし。あの子供がゆうちゃんの友だちでよかった。俺はゆうちゃんが死ぬまで傍で守れるって思った。そして、死んだゆうちゃんの魂を回収したら、俺の仕事は終わる」

「回収？」

何を言ってんだ？　死んだ聡一郎の体に入った？　こいつは何を言ってるんだ？　命の恩人とか、そういう問題じゃねー。ヤバイ。

雄介は眉間に皺を寄せる。

「うん。俺、他の死神の仕事を奪ったことになったんだ。だからペナルティ。責任を持って、ゆうちゃんの魂を回収することになった。書き換えられた運命では、ゆうちゃんは無傷で人生をまっとうするから、ゆうちゃんが死ぬまで俺がちゃんと守ります。物理的に」

「おい。……お前が死神だって証拠とか、あるのか？　ないなら俺は、おばさんに言って、お前を病院に連れて行く。抵抗するならぶん殴る」

「そうだよね。証拠も見せずに信じてくれっていうには、いささか突飛な話だ」

聡一郎が小さく笑う。

雄介の体が、勝手に防御の姿勢を取る。鳥肌が立った。

「なんなんだ……これ……っ」

聡一郎の体が薄暗い影に覆われ、その影が翼のように、瞬く間に部屋いっぱいに広がった。冷や汗が垂れて、体が震える。

「死神という存在はたった一つしかないけれど、いつもは分散してる。俺たちは集合して、一つの死神という存在になる。普段は世界に存在する生き物の数よりも多いんだよ、俺たちは。その分、力も分散するけどね。魂の回収ならちょっとした力だけで十分だ。でもほら、俺はゆうちゃんを守るって使命を課せられたから、他の死神よりも少しばかり力がある。いや、今はあったと言った方がいいかな。ちょっとアクシデントが発生した。……ねえ、信じてくれた？」

お前、人間の目、してねー。

こっちを見つめている聡一郎の目は金色に光り、虹彩が縦長になっている。

「人間じゃ……ないのか」

「器は人間だよ。俺が入ったから丈夫になったみたい。よかったね」

「……そっか」

雄介は震える右手で聡一郎を手招きした。

「ゆうちゃん！」

そして、両手を広げて自分の懐に飛び込んで来た聡一郎の頭を拳骨で殴った。

「痛いよっ！」

途端に、部屋中を覆っていた黒い影は消え去り、聡一郎の目は人間のものに戻った。

「死神なのに痛いのかよ！」

「だって！　体は人間だもんっ！」

「キモいから『もん』とか言うな！　俺の知ってる……聡一郎がっ、本当の聡一郎じゃなかったなんて、そんなのありかよ！　じゃああいつは、誰にも知られずに四歳で死んだのかよ！　そんなの……可哀相じゃないかっ！　友だちだったのに……俺、何も知らないまま、あいつが死んでたの知らないまま、今まで生きてた……っ！」

男が人前で泣くなんてありえない。

けれど雄介は、死んでいた四歳の聡一郎が可哀相で、何も知らずに今まで生きてきた自分が悔しくて、目の前の男を聡一郎だと思っていたのが情けなくて、涙が溢れてきた。

「ゆうちゃん。大丈夫だよ？　明里聡一郎の魂は、死神の中でも一番優しいヤツが連れて行ったから。とてもいい場所に行ったんだって分かる」

「そういう問題じゃねーんだよっ！」

「俺はずっと……ゆうちゃんの傍にいるよ？　ゆうちゃんが生きてる限り、傍にいるよ。俺、ゆうちゃんが大好きなんだ。ゆうちゃんとずっと一緒に生きてきて……」

「黙れ！」

贋者《にせもの》の聡一郎に、好きだなんて言ってほしくない。ああそういえばこいつは、俺に「愛してる」とかふざけたことも言ったんだっけ。このやろう……っ！

雄介は乱暴に涙を拭い、深呼吸する。脇腹の痛みは怒りで消えた。

「ゆうちゃん……？」

「帰れ。二度とこの家に入るな」

「でもご飯……」

「帰れっ！　近寄るなっ！　俺に話しかけるなっ！　二度と話しかけるなっ！　顔も見せるなっ！」

「ゆうちゃん」

「殴りたいけど、もうお前に触りたくない」

雄介は両手の拳を握り締め、低く掠れた声でそう言った。

聡一郎は肩を落とし、部屋から出て行く。

部屋に一人きりになって、雄介は畳の上に寝転がった。

「聡一郎」

思わず唇から名前が出た。

たった四歳で死んでしまった。雄介は「本当の聡一郎」に入院の見舞い品を渡せなかった。受け取ったのは贋者の方だ。

本当の聡一郎は死んでしまったのに、墓はなく、花を供える人もなかった。誰も、聡一郎の冥福を祈らなかった。

雄介は、母親が亡くなった日のことを思い出した。

あのとき、雄介の隣にいたのは聡一郎ではなく死神だったのだ。彼が連れて行ったわけではないようだが、それが、どうしようもなく腹立たしくなって、拳で畳を叩いた。

「くっそ……っ！」

涙が溢れてこめかみを伝う。

耳に入っていくのがいやで拭ったが、次から次へと涙が溢れてきたので、雄介は俯せになった。

聡一郎との思い出が死神との思い出なのが、どうしようもなく悔しい。

悔しくて畳の上をゴロゴロと転がったが、勢いがよすぎて、簞笥《たんす》の角に足の小指をぶつけて悶絶した。

「ああもう！」

なんなんだよこの展開は！

とにかく、今まで自分を騙し続けた聡一郎は絶対に許さない。

雄介は心の中でそう誓った。


聡一郎はブレザーのポケットから携帯端末を取り出し、宇野に電話した。

『明里、どうしたー？』

「うん。ちょっと俺……凄く困っちゃってさ。宇野のところに行ってもいい？」

『いいけど……五百蔵と喧嘩でもした？』

「喧嘩どころか……絶縁宣言された……」

もう二度と話しかけるなと言われた。触りたくないから殴らないって台詞もボディブローのようにジワジワと効いてきてる。

宇野はしばらく何も言わずにいたが、ふうとため息が聞こえてきた。

『さっさと来い。あと、栄浪も呼んでおく』

「うん。ありがとう……なんかほしいものある？　買っていくよ」

人様の家を訪ねるときは手土産を持って行く……っていうのは、母さんから習った。雄介に言わせれば、本当の母さんじゃないだろってことだけど。

聡一郎にとっては、母はやっぱり母であり、十年以上育ててもらった愛と恩義がある。

『気ぃ使わなくていいから、さっさと来い』

宇野は小さく笑って電話を切った。

よかった。とにかく、宇野と栄浪には話を聞いてもらわなければならない。もしかしたら、彼らにも「二度と話しかけるな」と言われるかもしれないが、躊躇っている場合じゃない。

聡一郎は両手で顔を擦ると、駅に向かって走った。


宇野の部屋は母屋でなく離れにある。

広々とした庭の一角に作られた離れは、もともとは祖母が敷地内別居するための部屋だったそうだ。だから小さいながらもキッチンはあるし、風呂場とトイレは立派だった。それに二部屋もある。

「お邪魔します……」

やはり、何も持たずには来られなかった聡一郎は、コンビニエンスストアに立ち寄って、スナック菓子や煎餅、飲み物を買って持ってきた。サンドウィッチとおにぎりも入っているが、それは今夜の夕食だ。

「気にしなくてよかったのに。ったく明里らしいよ」

「だったら俺が食べる。お前は水を飲んでろ」

にゅっと横から顔を出した栄浪が、聡一郎が差し出したビニール袋をありがたく受け取った。

「まあまあ、こっちに来て話そうじゃないか。好きに座りたまえ」

宇野はベッドに陣取り、栄浪はベッドを背もたれにして、ラグマットに腰を下ろす。

聡一郎は彼らと向き合うように、一人掛けのソファに腰を下ろした。

窓際の多肉植物や、コーヒー色の壁紙に合わせたエンジのカーテン、無造作に飾られた小物や目覚まし時計。モデルをしている宇野の部屋はお洒落で、どこかのカフェのようだ。

「いったい、どんな喧嘩をした？　黙って最後まで聞いてやる」

栄浪の落ち着いた低い声に、聡一郎は我慢できなくなってボロボロと泣きだした。

「お、俺……っ……もうゆうちゃんと一緒にいられなくなった……っ」

「泣くな。そうなった理由を言え」

「俺が……死神だから……贋者の聡一郎だからって……」

言ってる側から涙が出てくる。

聡一郎は「俺どうしよう」と途方に暮れた声を出したが、おそらく、今もっとも途方に暮れているのは、宇野と栄浪だった。


とにかく喋った。隠さず喋った。自分の正体と、雄介に家を追い出されるいきさつまで何から何まで全部。

そして、ペットボトルの水で喉を潤し、沈黙している宇野と栄浪の前でおにぎりを食べ始めた。

「そういう……妙にマイペースなところ、俺たちの知ってる明里なんだが」

栄浪は首を傾げながら、煎餅をかじる。

「やっぱりと言ったらやっぱりか。そりゃ俺にも姿が見えないはずだよ、死神かよ。雄介がどんだけ傷ついたのかも想像つくし、やばいな」

中学入学時から雄介と付き合いのある宇野は、「出会って遊んでが三歳とすると、雄介と聡一郎の付き合いは今年で十四年になる。長いよな」とため息をついた。

「でも、雄介とずっと思い出を作ってきたのは、死んでしまった聡一郎じゃなく、俺なんだよ？　ゆうちゃんが祭りの縁日でベビーカステラを食べ過ぎてお腹を壊したこととか、一緒に海に行って、迷子になった俺を必死で捜してくれたこととか、一緒に花火をしたこととか、俺がストーカーに困ってたら助けてくれたりとか、あと、ゆうちゃんにオナニーの仕方教えたのも俺だし！　俺との思い出の方が山ほどあるのに、もう二度と話しかけんなって……俺、死にたい」

「最後に聞き捨てならない爆弾を投下しやがって。精神的でなく物理的にも五百歳が好きだったのか」

「何それ物理的って意味分かんないよ宇野君！」

「君付けやめて」

「ごめん。でもホント、俺の計画には、こんなところでトラブルなんか起きてないから！高校卒業する前に、ゆうちゃんとセックスして『お前を一生世話してやる。愛してるよ』って言ってもらえるはずだったのに！」

聡一郎は膝を抱えて「うぇえ」と泣き出す。

「あのな、そういう……直接的な単語はやめろ。俺がそういうの嫌いなの、知ってんだろ？」

栄浪は顔を赤くして、聡一郎にティッシュの箱を差し出した。

「クールな栄浪君が唯一苦手なのが、エロ話って……とってもギャップ萌え」

「ウザイ。宇野と五百蔵ウザイ」

「ごめんね。だから、その握り拳やめてください、栄浪さん」

「俺のせいでとばっちりだよね、宇野。ごめんね」

何度も鼻をかみながら、聡一郎は宇野に謝る。

「まあいいけどさ。……お前、結局一番大事なことをしないまま、五百蔵の家から追い出されたんだろ？　どうすんの？　どうやって五百蔵を守るの？」

宇野の言うことはもっともだ。

自分は雄介を守る死神なのに、取り憑いたイケメン細マッチョを引き剥がすことなく、ここにいる。

聡一郎は「つらい」と肩を落とした。

「お前……本当に死神か？　俺の知ってる死神とまったく違う。知ってるっていっても書物に書かれてるたぐいのものだけどさ。あと、美形が鼻水垂らすな。鼻水垂らしてても格好いいから、笑えてくる」

栄浪は聡一郎の頭をガシガシと乱暴に撫で回し、ちょっとばかり不器用な優しさを伝えてくる。

「俺と栄浪は、二人で一緒に馬鹿やってるお前たちが好きだから、どうにかしてやりたいと思ってんだぞ？　当事者がつらいとか泣き言言うな」

「二人とも優しすぎて、俺はどうしていいのか分からないよ。こんなにゆうちゃんが好きなのに、ゆうちゃんは俺を贋者としか思ってくれてない。こんな状態で、ゆうちゃんに取り憑いたイケメンの細マッチョをどうやって剥いだらいいんだよ」

大体、人間という生き物は、時々何かに憑かれる。けれど大半はすぐに消えてしまうから、聡一郎は気にしていなかった。

だが今回、雄介に取り憑いたものは、彼の命を脅かすほど危険なものだ。

自分がいたから、雄介は間一髪で助かっていたのに、離れていたら何が起きるか分からない。

「死神なら、そういう類のものは簡単に祓えそうなんだけどな」

「あのね、死神っていうのはね、人間の魂を受け取って人間の世界から然《しか》るべき場所へ連れて行くのが仕事なの。だから、それ以外の余計な力は普通ないんです」

「宅配業者か、お前」

「悔しいけど似てる」

聡一郎は泣き笑いの顔で、宇野を見た。

「でも俺は、ほら、ゆうちゃんが死ぬまで無事に見守ることが仕事になってるから、守るための力もあるのね。けど、祓うというか引き剥がすためには、ゆうちゃんの協力がないとできない。ゆうちゃんに怪我させちゃう」

今の状態で、雄介の協力が得られるとは思えない。

自分の正体も、本当の聡一郎が死んだということも黙ったまま、「ゆうちゃんの聡一郎はもともとは死神でした」と嘘をついていれば、どうにかなったかもしれないが、それはもう「たられば」の話になる。

「聡一郎に祓ってもらわなければ、そのうち無惨な事故死を遂げるって言って、五百蔵を説得するしかないな。あいつ、一度怒ると頭が固くなるから面倒だけど」

「だったら、俺が言おうか。俺は五百蔵とは高校に入ってからの付き合いだから、明里ほどべったりすることはないし、宇野ほど五百蔵の性格を把握してない。関係が薄くなればなっていくほど、心の中にあるものを吐き出しやすいと思わないか？」

栄浪は淡々と言うが、宇野が「お前だって、ちゃんとした五百蔵の友だちだよ？　俺たちとも友だちだよ？　そんなこと言われると俺、寂しいです」と唇を尖らせた。

「はは、それは分かってる。でもほら、付き合いの年月とは別に、性格ってもんがあるだろう？　ベタベタしつこい美形や、チャラチャラしたイケメンに迫られるよりは、俺が事実を冷静に伝える方が効果がある」

聡一郎は床に、宇野はベッドに突っ伏して、「栄浪酷い」と低く呻く。

「起きろ、お前ら」

「俺は栄浪の友情に助けられてるのか傷ついてるのか分かんないよ！」

「助けてやるんじゃないか。しっかりしろ死神。寿命を待たずに五百蔵を死なせたいのか？」

栄浪の低く落ち着いた声に、宇野が「やだ栄浪、むちゃ男前」と呟いた。

「昨日の今日で説得に応じることはないだろう。たぶん、登下校も別々になるぞ。それは覚悟しておけ。その上で、明里は五百蔵を守らなきゃならない。あいつを守れるのはお前だけだ」

「うん、分かったよ栄浪」

「口も利いてもらえないだろうけど、泣くなよ？　俺たちは『喧嘩か』『早く仲直りしろよ』程度の軽口を叩いて、お前をフォローする」

「それ、フォローなの？　すでに俺泣きそうなんだけど」

「我慢しろ。……で、宇野。五百蔵の怒りは三日ぐらいで落ち着きそうか？」

話を振られた宇野は「まあそれぐらい」と頷く。

「昔から明里の世話をしてきた男だ。ザックリとお前を切り捨てられないと判断する。どんなに憎くても、お前が困っていれば情が動くと俺は考える」

聡一郎は小さく頷きながら、目の前の友人に心から感謝した。

「あのさ……」

「ん？」

「俺が死神でも、ずっと友だちでいてくれる？」

すると聡一郎は、いきなり栄浪に抱き締められる。

「なんなんだ、この可愛い生き物は。デカイくせに可愛いって反則だろ。五百蔵が手放せない気持ちがようやく俺にも分かった」

「え？　え？」

ヨシヨシと背中をポンポンと優しく叩かれながら、聡一郎は宇野に視線を移した。

「死神ってみんなそういう感じの思考なのか？　お前みたいにポワポワしてるの？」

「違うよ。もっとハッキリしてる。けど俺は、死んでしまった聡一郎の思考と混ざり合ってるから、俺の気持ちは『聡一郎』の気持ちで、俺の言葉は『聡一郎』の言葉なんだ。人間とくっついて十何年も経ってるから、今更死神の思考に戻れと言われても、この体でいる限りは無理だよ」

そういう「本来の仕事」は、この体の寿命が終わってからでいい。

聡一郎は聡一郎でいる限り、ずっと雄介の傍にいたいと思っている。

笑顔を一番最初に向けられるのは自分だったし、何よりも誰よりも優先して世話をしてもらえていた。「俺の傍にいれば安全だぞ」と言われ続けて、今までずっとその通りで、それで雄介に恋をしない人間なんていない。自分は死神だけど、人間と一つになってるから、ちゃんと揺れる心を持ってる。

一人の子供の運命を変えてしまった当時の、死神的義務感は、今は存在してない。

「だったらお前は、五百蔵が知ってる本当の明里聡一郎だよ。持ち前のしつこさで五百蔵の気持ちを繫ぎ止めろ」

「うーのーちゃーん、俺、そんなにしつこい？」

すると、ガシガシと聡一郎を抱き締めていた栄浪が「愚問だ」と笑った。

朝が来るのがこんなにいやだなんて、母さんが死んだとき以来だ。

朝っぱらからずしりと重い気持ちになった雄介は、一人で起きて、一人で朝食を食べ、弁当は作る気が起きなかったので、途中で何か買えばいいと思ってさっさと家を出た。

いつも家を出る時間より、三十分早い。

本来なら「さっさと歯を磨け」「早く制服着ろ」と聡一郎を急かしながら登校の支度をしてる時間だ。

「くそ」

雄介はスクールバッグを振り回しながら、早足で自宅をあとにした。

聡一郎に見つかって追いかけられるなんてまっぴらだし、今は彼の顔など見たくない。

……なのに。

確かに俺は、顔を見せるなと言った。言ったさ！　だからって、それを素直に守って俺に会いに来ないってどういうことだっ！　やっぱお前は死神だ。俺の知ってる聡一郎なら、泣きべそかきながらでも俺を追いかけてきたっ！

顔を見たら見たで罵倒しか出てこないと分かっていても、いつも自分を追いかけてきた聡一郎がいないのは腹が立つ。自分でも矛盾していると分かっているので、怒りの矛を収められない。

昨日の今日で、聡一郎を許せるはずなんてないのに。

雄介は唇を噛みしめて、駅までの道のりを走った。

背中に聡一郎の視線を感じる。

仕方がない、彼の席は雄介の後ろだ。

授業中だというのに、きっと教師の話も聞かずにひたすら雄介の背を見ているのだろう。

腹が立つ。聡一郎の視線にも存在感にも。

黒板の文字を書き写していても、すぐにシャーペンの芯が折れる。小さく舌打ちすると、隣の席の栄浪が「大丈夫か」と囁いてきた。それに無言で頷き、どうにか授業に集中する。

「……拷問だ」

必死に午前中の授業を終えて、雄介は机に突っ伏す。

「おい」

栄浪が声をかけてくるが、雄介は「聞くな」と言い返す。栄浪は他の連中と違って「明里と喧嘩したのか？」とあからさまに聞くようなヤツじゃない。雄介は続けて「武士の情け」と言った。彼にならこれで通じるはずだ。

「分かった。メシ、どうする？」

「一人で食べる」

「明里が半べそかいてるけど」

「泣かせとけ」

「分かった」

そう言って栄浪は弁当を右手に持ち、ぐすぐすとぐずる聡一郎の腕を引っ張ると、宇野と一緒に教室を出て行った。

今日も天気がいいから、屋上で弁当を食べるんだろう。

……俺は、太陽を浴びたい気分じゃない。

駅前大通りのコンビニエンスストアで買ったパンとコーヒー牛乳を持って、ベンチの多い中庭に向かう。

男ばかりが昼休みを満喫するさまは少々むさ苦しいが、空いたベンチがあってよかった。

この時期、ホカホカと日の当たる気持ちのいいベンチは三年生が占領している。屋上もそうだったが、学年が下がるにつれ、のんびり食事できるところは少ない。今は不満のある一年も、進級するごとにいい場所が解放されていくのが分かるだろう。今は我慢だと、「座るところねえ」と嘆いている一年を一瞥して小さく笑った。

一年を微笑ましいと思った次の瞬間、雄介の眉間に皺が寄った。

中庭からグラウンドへ抜ける煉瓦造りの小道の入り口に、聡一郎が立っていた。しかも一人じゃない。

頭一つ分は小さい一年生が数名、頬を染めて聡一郎を見上げている。

おい待て、ここは男子校だぞ。男子校だぞ！　何度も言うが男子校だぞ！

三年生も気づいたらしく、興味深く彼らを見つめている。

雄介はようやく見つけた場所を動くのがいやで、目の前の光景を無視してパンをかじった。

しかし耳は、聞き慣れた声を拾ってしまう。

「ごめんね、そういうのは」とか「困ったなあ」とか、声が聞こえてきた。

イライラする。

なんで宇野と栄浪がいねーんだよ！　一緒にメシ食いに行ったろっ！　なんであいつが

一人で一年坊主に囲まれてんだよ、馬鹿野郎っ！

精神的に最悪な状態で、パンの味もよく分からないままコーヒー牛乳で流し込む。

この場から離れようとしたが、三年生が「五百蔵ーお前のペットどうにかしてやれー」「放し飼いすんなー」と笑いながら声をかけてくる。

雄介と聡一郎のおもしろコンビを入学時から見ているだけあって、みな気安い。雄介の顔が怖かろうが気にしなかった。

誰がペットだ。あれは死神だ。

ストローを銜えて、ジュッと一気に飲み干す。

さて、さっさと戻ろう。あいつだって、相手が男なら強く言えるだろうさ。

なのに。

「五百蔵さんとはあんなに仲がいいのに、どうして俺とはだめなんですか！」

えらいとばっちりだ。しかも一年生の声が大きい。

中庭の注目は、聡一郎と雄介の二人に分かれた。

「だからね、俺は男には興味ないから。好きになってくれるのは嬉しいけどごめんね」

「じゃあ、弟だと思ってください！」

他の一年が「俺も」「僕も」と聡一郎に詰め寄る。

馬鹿か一年！　そいつに兄ができるかよ！　弟も弟、末っ子以外の役割りはまったくできない男だぞっ！　あーもーっ！　腹立つっ！　ここ男子校だぞ！

雄介は持っていたコーヒー牛乳の空きパックを片手で握り潰し、勢いよく立ち上がった。

そして、世にも恐ろしい表情を浮かべて聡一郎の元に走る。

三年が「飼い主が動いた」と笑うのが聞こえた。

「おい聡一郎！」

雄介は一年を無視して聡一郎の胸元を掴む。

「えっ！　あ、はいっ！」

「メシは？」

「は？」

「昼メシ、食ったのかって聞いてんだ！」

「まだ食べてないよ！」

「だったらメシ食え！　あと一年！　こいつを困らせんな！　分かったな？　返事は！」

威圧的な雄介の問いかけに、一年は青い顔で「はいっ！」と返事をして走って逃げた。

するど三年生からパチパチとまばらな拍手が起こる。

「ゆうちゃん……っ」

聡一郎は目を輝かせて聡一郎に両手を伸ばすが、雄介は彼の胸ぐらを掴んだまま、中庭を横切って校舎に入った。

「助けてくれてありがとう。最近の男子高生って女子より積極的で怖かった」

にやける聡一郎に腹が立つ。

「その図体で何が怖いだ。てめえがハッキリ断ってりゃいいことだろうが！」

「だって、今までゆうちゃんが全部断ってくれてたし……」

「一人でどうにかしろよ。お前、それでも死神か！」

「俺は！　ゆうちゃん以外はどうでもいいから！　適当に返事してただけだ！」

聡一郎に胸ぐらを掴んでいた手を振り払われたと思ったら、今度は廊下の壁に押しつけられる。

聡一郎の両手が壁に押しつけられ囲われて、雄介は逃げる場所をなくした。

「い、一度……してみたかった『壁ドン』」

「この野郎」

雄介は容赦なく聡一郎の頬を叩き、彼がひるんだところで腕をどかしてズンズンと歩き出す。

やっぱり助けてやるんじゃなかった……っ！

心の底から後悔した。少しは反省しているかと思いきや、呑気に謝罪をして、挙げ句の果てに逆ギレだ。壁ドンとやらをされたときは、怒りで腸《はらわた》が煮えくりかえるかと思った。今追いかけてこられたら、最高の拳をお見舞いできる気がする。

雄介はぴたりと歩みを止め、振り返った。

聡一郎の姿がなくて、「なんでいないんだよ。追いかけてもきやしねー」と矛盾したことを呟く。

それに気づいて「馬鹿か俺」と、首を左右に振った。

さすがに三日もたつと、クラスメートたちは「あいつらどうした？」と噂をするようになり、他校の女子生徒は「明里君が一人なら行ける！」と浮き足立った。

栄浪に「みんなでお好み焼き食べに行こう」と誘われたが、雄介は「気分じゃない」と

先に帰った。

それが五日目になると、「五百蔵が明里を捨てたらしい」「ペットどうするペット」と笑い半分で話されるようになり、他校の女子生徒は登下校時の明里を追いかけ回すことに情熱を燃やした。

宇野が「中華バイキングのチケットをもらったからみんなで行こう」と誘いにきたが、やはり雄介は首を左右に振った。逆に、「食うことばっかりかお前ら」と突っ込んでやった。

宇野は「育ち盛りなんだからいいじゃないか」と、雄介の背中に「馬鹿馬鹿ー!」と叫んだ。

その間、雄介は一日最低三回は不幸な目に遭い続けた。

電池を替えたばかりの目覚まし時計が鳴らずに遅刻したり、Ｓｕｉｃａ定期券を忘れたり、学校の階段で足を踏み外して一年生の前でずっこけたり。もちろん、箪笥の角に足の小指は毎日ぶつけた。

全部、聡一郎が悪い。雄介はそう思うことにして毎日を乗り越えた。

そして、日曜を挟んだ七日目の午後。

当然部室も居心地が悪い。

たった二人の部員の仲が悪いだけで、部室の空気がここまで冷え込むとは、誰も想像しなかった。宇野は「来月は初夏なのに」と、「二つの寒冷前線」にため息をつく。

「まあね、仲が良くても喧嘩はするよね。文化祭までに仲直りしてくれればそれでいいよ」

「友坂！　呑気なこと言うな。入部してきた新人が逃げたらどうする」

「大丈夫だよ。喧嘩しているのは五百蔵と明里だけだろ？　他の部員はみんな仲がいい」

「それは……そうだけどね」

この寒冷前線の中、ホノボノで呑気な部長に、副部長は肩を竦めて出来上がった新人勧誘ポスターを眺める。

「それ、貼ってきますね」

宇野が笑顔で受け取り、すっかりしおれた聡一郎を引き摺って部室を出た。

「気分転換に、来週はケーキかクッキーを作ろうか」

部長の提案に、栄浪が「俺はミートパイとか作ってみたいです」と手を上げて「しょっぱいものもほしい」とアピールする。

「だったら、立食のお茶会でもしようか。新人はほしいけど、まあ、他の学年の子たちも、旨い菓子が食べられるなら寄るだろう」

副部長が「積極的にアピールしないと」と言った。

「分かった。先生に家庭科室でお茶会を開く許可をもらっておく」

ずっと話を聞くだけだった雄介は、「分かったか？　五百蔵」と言われ、ようやく「はい」と声を出す。

「そんな怖い顔をしてないで、一度、明里とちゃんと向き合って話をしてごらんよ」

熊のような体躯の友坂部長が、天使のように優しい声で雄介に話しかける。

雄介は顔を上げられず、返事もできずに両手の拳を握り締めた。

「それで、ここですっぱりなくなってしまっていい縁なのか、それともこの先続けたい縁なのか、考えてみな？　小学校に入る前から今までずっと一緒にいられたのは、お前たちの相性が根本でいいからなんだと思う。成長途中で疎遠になる幼なじみは星の数ほどいるのに、お前らはずっと一緒にいられたじゃないか」

熊部長の天使ボイスに、全員が惹きつけられる。

徐々に寒冷前線が遠ざかって行く。部室に遅ればせながら春が来たようだ。

「親友っていうのは、ほしいと思って得られるものじゃない。俺は、お前たちは凄くいいコンビだと思ってるよ。だから、ちゃんと話しなさい。はいこれ部長命令ね」

天使ボイスを聞いて懺悔《ざんげ》した気分になっていた雄介は、今の台詞にぎょっとした。

部長命令って……なんだそりゃ。

目を丸くしている雄介に、副部長の高浦が「友坂がやっと部長らしいことを」と感動している。

「だから、今日は一緒に帰った方がいい。ね？　明里」

部長はドアを指さし、こっそりと予備のセロテープを取りに来ていた聡一郎に微笑んだ。


あの熊天使部長……っ！

雄介は、隣で上機嫌に歩いている聡一郎を見ないように歩く。

「なんか、部長に全部持って行かれたな」

「俺たちも、あそこまで五百蔵が頑固だとは思わなかったし」

「俺たちが説得したかったよな。残念だ」

「でもまあ、鬱陶しくて仕方なかったからよかったか」

後ろでは栄浪と宇野が苛々することを言って笑っていた。

雄介はくるりと後ろを向き、「お前らもしかして」と、足を止める。

こいつらはどこまで知っているんだろう。いや、聡一郎のことだから、泣きながら何もかも話したのかもしれない。

雄介はつり上がった大きな猫目で、友人たちをじっと見つめた。

「お前のその目に正面から見つめられるって、どんだけ我慢比べだよ。怖いよ」

宇野はため息をつき、「ぜーんぶ知ってる」と、両手の平を見せる。栄浪も頷いた。

「だったら、俺がなんで怒ってるか分かってるよな？」

「その話は部長に言われたとおり、ちゃんと話し合えって」

キッパリと宇野に言われ、雄介は「うっ」と言葉に詰まる。

確かにそうだ。今ここで宇野に対して文句を言ったら、それはただの八つ当たりになる。

「……悪かった」

「おう」

宇野が軽く頷く。

「俺、五百蔵のさ、そうやって素直に謝れるところが好きだぞ」

栄浪はお世辞を言わない。

だからこれは本当のことだ。

雄介は無性に照れくさくなって、左手で頭をかいた。

「だから、明里と話すときも素直になってくれ」

「分かった……」

ポンと軽く肩を叩かれたはずなのに、ずっしりと重く感じたのは気のせいじゃない。

自分の心が重かった。

「なあ、お前ら、見届け人になるんだろ？」

宇野と栄浪は顔を見合わせ、少し沈黙してから、雄介にそれぞれ頷いて見せた。


雄介の部屋に四人集まる。

一人部屋だと十分な広さだが、体格のいい男子高校生が四人も腰を下ろすと、どこかちょっと窮屈感があった。

「えっと、大変シリアスな展開の中、申し訳ないんだけど……雄介に取り憑いてるイケメンマッチョが、ニコニコ笑ってて怖い」

「何言ってんだよ！　宇野！　怖いじゃないか！」

「俺はこの怖さをみんなで分かち合いたかったんだよ！」

「最悪だ、お前！　ホント最悪！」

雄介と宇野が言い争い、栄浪は呆れ、聡一郎は「布団に入れば大丈夫」と言って、今朝敷きっぱなしにしていた雄介の布団の中に潜り込む。

「死神が怖がるなよ！」

雄介が突っ込みを入れ、宇野と栄浪は「もっともだ」と合いの手を入れる。

「俺は死神だけど明里聡一郎でもあるので、怖いのはいやだ」

「取り憑かれてる俺を放っておくのかよ！　お前！」

雄介の怒鳴り声に、聡一郎は慌てて布団から出てきた。

「ゆうちゃんごめんっ！　愛してる！」

「愛はどうでもいいから、さっさとこいつを俺から引き剝がせよ！」

「……ゆうちゃんが協力してくれないと、俺は何もできないんだ」

聡一郎は雄介の右手をそっと掴み、顔を覗き込んでくる。

「俺、お前のことを一つも許しちゃいねーんだけど？」

「それでもいい。憑いてるものを剝がすのに協力してくれれば、そしたら、ゆうちゃんは自由だ」

毎日、箪笥の角に小指をぶつけることがなくなるなら、お安いご用だ。あれは本当に慣れないし腹が立つ。

雄介は「分かった」と頷いた。

今から何が始まるのかと、宇野と栄浪はワクワクしている。

聡一郎は雄介から離れて正座をし直し、右手の平を見せた。

「何があっても、騒がないでいてね」

一瞬で、聡一郎の掌に蝶が姿を現す。所々が青く光る蝶で、とても美しい。

宇野が「うええ」と変な声を上げる。

蝶は羽を羽ばたかせて、雄介の肩に乗った。

「え……？」

肩に乗っているのは蝶のはずなのに重い。上から力を加えられたように、雄介の左肩がガクンと不自然に下がった。

蝶が肩に乗っていたのはほんの十秒ほどだったが、雄介の額には汗が滲んだ。

聡一郎の掌に蝶が戻る。

「精霊座標四十二」

そう言って、蝶が消えていく。

「今……虫が喋った――――っ！」

宇野は虫が苦手なので、余計に衝撃だったらしい。渦中の雄介を差し置いて、「虫！

ちょっと待て虫だぞ！」とうるさい。

栄浪は「自分が見た事実を受け止めるしかないな」と、冷静に言った。

「宇野、ちょっと黙っててくれる？　うるさい」

「わ、悪い。……もう、虫は出てこないよな？」

「うん。出さない」

「だったら、大人しく見てる」

宇野はようやく黙って、ふうと呼吸を整える。

「名前は分かった。今から俺が、ゆうちゃんに憑いてるキモいヤツを剥がすから」

聡一郎は左膝を立て、右手を雄介の肩に置く。

「いい加減、剥がされてくれないかな。俺の大事なゆうちゃんなんだ」

肩に置いた手を、肘を曲げてゆっくりと引き戻す。そのとき、聡一郎の右手に人の頭が見えた。

ずるりと、水場を這うようないやな音が聞こえてくる。ずる、ずる、と短い音が続き、聡一郎が「せーの」で体全体を引きずり出した。

「はーっ！　怖かった！　でもゆうちゃん、俺やったよ！」

そういう問題じゃない。

雄介は頬を引きつらせて、聡一郎が引きずり出したものを見る。

「もう少し、雄介に取り憑いていたかったです。まさか座標を割り出されるとは思ってませんでした。あんた、どこの役人さん？」

イケメンの細マッチョが聡一郎を睨む。全裸で。

「俺は……死神だから」

「あんたからは人間の匂いしかしないけどそうなんですかー。でもさ、管轄違いますよね？　ここに死人も魂もありませんよ？」

イケメンの細マッチョがドヤ顔で言う。全裸で。

とにかく、会話よりも全裸が気になって、雄介は箪笥の中からバスタオルを一枚引っ張りだし、それをイケメンの細マッチョに渡した。

「何？　これ」

「股間を見せびらかしてんじゃねーよ！　キモいからさっさと隠せ！」

「ああそうか。人間は服を着てるもんでした。ありがとうございます、雄介」

「ゆうちゃんを呼び捨てにすんな、疫病神」

雄介は聡一郎に腕を引っ張られて、彼の背後に回る。

「あー……さっきは精霊なんとかって言ってたけど？　それが疫病神って意味？」

宇野の問いかけに聡一郎が頷く。

「疫病神って言い方も、微妙に違うんだけど、日本語だとこれしか思いあたらなくて」

「とんでもないものが憑いてたんだな、五百蔵」

「っていうか、どこで取り憑いたんだよ。この野郎。それを言ったらさっさと出て行け！　俺の家から出て行け！　そのバスタオルはくれてやる！」

雄介は怒鳴り、疫病神の頬に己の拳をグリグリと押しつけた。

「いや、その！　あれです！　三月末ぐらいかなあ……桜ヶ山駅のホームで！　凄く幸せそうな笑顔のあなたを見て、無性に取り憑きたくなったんです！　そして、添い寝をしたかった！　ありがとう、添い寝は叶いました。あと、できればあなたを仲間にしたかったです。それは、ことごとくそっちの死神さんに邪魔されましたけど。ちょっと悔しかったので、ここ一週間は地味ないやがらせをさせていただきました。ごめんね」

雄介は、疫病神の頬に押しつけていた拳を一旦離すと、「そうか」と頷いてから、彼の頭を思いきり殴った。

「ぐ……っ！」

「実体化してるから殴れたんだな。はースッキリした」

「人間に殴られるなんて……」

「それだけのことをしたんだから、仕方ねーだろ。この馬鹿が」

「ゆうちゃんを仲間にしようなんて、できるわけないでしょ！　ゆうちゃんが寿命をまっとうするまで俺が守るんだから！　寿命を終えたゆうちゃんの魂は、俺が責任を持って然るべきところへ連れて行くんです！」

胸を張って威張る聡一郎に、疫病神は「……それでいいんですか？」と不思議なことを言った。

「え？　どういう意味？」

「あなた、完全に人間に混ざっちゃってるじゃないですか。今、そんな力ないでしょ？だから俺がすんなり雄介……サンに取り憑けたわけで」

疫病神の言葉が引っかかって、聡一郎以外、みな首を傾げた。

「そ、それは！　俺が自分でどうにかする！　どうにかするから、あんたはさっさと座標に戻れ！」

「え〜それはできません。だって俺、雄介サンに添い寝ができたお礼をしたいので」

「強制送還されたいのかな？」

「憧れていたんです。恋愛の橋渡しというものに。だから俺に、それをさせてください。ね？　雄介サン。あなたと一心同体だった俺ですから、もうすぐにでも恋人同士にしてあげますよ」

疫病神は、聡一郎ではなく雄介を見て晴れやかに微笑んだ。

なまじイケメンなので、無性にイライラする。

「さっきから黙って聞いてりゃ、キモいこと言いやがって……！」

「死神サンは人間に融合しちゃってるから、力弱いんですよ。見栄張ってもだめです。俺にだってそういうの分かりますから。それで、雄介サンと性交すれば、二度と雄介さんに変なものが憑かないぐらい、守れるんです」

聡一郎が床に転がって「言っちゃったー！」と悲鳴を上げている。

雄介は目をまん丸にして、「ナニソレ」と呟いたまま動きを止めた。

「あの！　そういう話は俺に言ってください。五百蔵は栄浪と同じで、そっち方面はダメダメなんで！　な？　栄浪」

「ああ。明里はともかく、五百蔵は、俺以上にエロ話がだめだ！」

宇野と栄浪が会話に入ってきた。

「一人でも話の分かる人がいてよかった！　もう聞いてくださいよー！　雄介サンったら、朝から晩まで死神サンのことばっかり考えてるんですよ！」

「それは、暴力的な意味でなく？」

「たまに、頭の中で殴ってますけど、そんなのどうでもよくなるほど、死神サンのことを考えてるんです。なんか切なくなっちゃって、だから……不幸のレベルを落としてあげたというか、まあそんな感じ」

ノリは軽いが、宇野にはちゃんと伝わったようだ。

栄浪は「なんだこいつ」と、疫病神を見て呆れ顔をしている。

「つまり、両片思いしてる明里と五百蔵をくっつけて、セックスさせて、明里の力を強くすれば万事オッケーってことか」

「お、おう。……？　両片思い？　ん？」

栄浪は首を傾げて「両片思い」の意味を尋ねた。

「あれだよ、お互い好き合ってるのに、なんだかんだでウジウジして告白してないってヤツ。周りから見ると腹立たしいことこの上ない」

「おー、それか！　なるほど、確かに……いや確かに？　明里はいつも全力で五百蔵に告白しているのに、五百蔵が一蹴している状態じゃないか？　これは、五百蔵がツンデレ？　ツンギレ？　そういうことでは？」

栄浪は、両片思いのような甘酸っぱいものからは程遠いと主張する。宇野もそう言われて「あー」と情けない声を出した。

「でもお二人とも好き合ってるから！　あとは性交させちゃえばいいんですよ！　太古の昔から、合体技は力を生み出すんです」

「誰が性交だ――――――っ！」

ようやく動き出した雄介が、耳まで真っ赤にして怒鳴った。

「雄介サン、死神サンのことが好きじゃないですか。素直になった方がいいですよ？」

「誰が疫病神の言うことを信じるか！」

「それでも、ずっとあなたと一緒にいました！」

疫病神は両手で頭を庇う。

雄介は殴るのをやめ、代わりに、畳の上に寝転がってる聡一郎の頭を叩く。

「……ゆうちゃん、痛くないよ？」

「痛くされたいのか」

「優しいのがいいです」

「よし」

雄介は拳を納め、ふうと息をついた。

「取りあえず疫病神、俺の家から出て行ってくれ」

「行く当てがありません。というか、俺が外に出たら、また誰かに憑きますよ？　いいんですか？　憑いてしまっても」

憑きものが剥がれてくれたのはうれしいが、だからといって、他の誰かに代わりに憑かれろとは言えない。そんな自分本位なことを雄介はしたくなかった。

「リビングにフィギュアが飾ってあるじゃないか。それの中に入っててもらえば？」

宇野の提案に、雄介は「あれ、親父のアメリカ土産なんだけど」と眉間に皺を寄せた。

「おじさんだって、息子の危険が一体のフィギュアで片付くなら喜んでくれるって！」

「プレミア付きで日本だと価格が五十万になってた」

「息子の命が五十万なら安いだろ。そうしなさい。ね？　君もだよ、疫病神」

「俺は、憑ける場所があればそれにこしたことありません。雄介さんに不幸は起きませんよ。その代わり、たまに人形の腕とか頭が落ちるかもしれませんが」

微妙にいやな仕打ちだが、これで人に迷惑がかからない。

「……俺、少しも役に立ってなくて、ホントごめんなさい」

聡一郎がしゅんとした表情で、みなに頭を下げる。

「とりあえず、俺から疫病神を剥がしたろ？　だから、泣きそうな顔で頭を下げるな、馬鹿」

「そう言ってくれると嬉しい。ゆうちゃん。ホント、愛してるよ！」

だから、なんでそこで「愛してる」なんだ。

雄介は聡一郎を睨むが、彼は構わず笑顔で雄介に近づいて唇を押しつけてきた。

お互い立て膝だったので、つい雄介は聡一郎の腕に縋る。

唇が触れ、舌で舐められる。

犬が人間に愛情を示すような行動だが、雄介は再び固まった。

「今度は別のキスを教えてあげる、ゆうちゃん」

ちゅっちゅっと、聡一郎は触れるだけのキスを何度も繰り返す。

「……お、俺たち……帰ろうか。ここにいたら邪魔になりそう。ここから先は見届けることはできないが、頑張れ二人とも。俺と栄浪は応援しているぞ」

「明日は二人揃って登校してくれ」

宇野と栄浪はそう言って立ち上がり、部屋を出た。

疫病神も「俺も一階に行こう〜」と宇野たちのあとを追う。

残された雄介は、「ゆうちゃん愛してるよ」と囁く聡一郎にキスされ続けた。

「死神にキスされたら……俺は死ぬのか？」

キスが終わっても殴れなかったのは、聡一郎に真偽を確かめたかったからだ。

死の象徴である死神にキスをされたのだから、そう思ってもおかしくない。

「映画かなんかで見たの？　ゆうちゃんって……意外とロマンティック」

「な……っ」

雄介は頬を染めて、「どうなんだよ！」と聡一郎に詰め寄った。

「うん。……一緒に死ねたらステキだったんだけど……」

「おい」

「ゆうちゃんの寿命は決まっているので、今ここで俺にキスをされても死んだりしません」

「それはつまり、死ぬときお前にキスされるってことか？　俺、ジジイだぞ？」

「どんなゆうちゃんでも、ゆうちゃんはゆうちゃんだから。俺は年を取ったゆうちゃんに、喜んでキスをするよ」

久しぶりに、こんな穏やかな聡一郎の声を聞いた。

そうだこいつは、声も「イケメン」なんだ。耳に心地よくて、ずっと聞いていたくなる。

雄介は、自分の唇をふにふにと指で触れている聡一郎に「おい」と声をかけた。

「ん？　何？」

「明日……墓参りに付き合え」

「ゆうちゃんのお母さん？」

「違う。お前のだ」

聡一郎の目が見開かれる。

「お前と話をすんのは、それからだ。いいな？」

雄介の、命令とも取れる提案に、聡一郎は頷いた。


朝から教室はざわめいた。

一緒に登校した雄介と聡一郎を見て、クラスメートがぽかんと口を開ける。

「あいつら、絶交したんじゃねーの？」「明里がいつにも増してキラキラした美形で眩しいんですけど！」「五百蔵が愛想を尽かしたって聞いたのに」と、こそこそ話す者もいたが、大半は彼らの「親友漫才」が好きな連中だったので、「元サヤ」に安堵のため息をついた。

「俺と聡一郎は、今日は墓参りで部活を休みますって、部長に言っといてくれ」

一日の授業が終わって、さあこれから部活だというときに、雄介は宇野にそう言って、聡一郎の腕を掴んで教室を出た。

そのまま学校を出て桜ヶ山駅まで早足で歩く。

途中、他校の生徒から「明里君が、怖い五百蔵と仲良しになってる!」「うわー、話しかけづらい」と非難の声が上がったが、雄介は気持ちよく無視した。代わりに聡一郎が「またねー」と愛想笑いのフォローをしまくる。

本物の聡一郎の墓はないが、明里家の墓はある。桜ヶ山駅から一時間半ほど電車に乗った郊外の集合墓地。

どうして雄介がその場所を知っているかというと、五百蔵家の墓もそこにあり、毎年母の命日には花を供えて線香をあげているからだ。

「お前はなんの花がいい?」

「墓参りはちょっとばかり複雑な気分だけど……俺、百合が好きなので百合がいい」

「分かった。割り勘で買うぞ」

「え。俺の墓参りなのに?」

「お前は死神だろうが」

「ひどいよゆうちゃん」

「酷くない。行くぞ」

墓地の近所には花屋がある。

雄介はそこに飛び込み、綺麗な白百合を購入した。

続けて、墓地の受付で線香とマッチを購入し、桶を借りる。

「正面入り口は五時半で閉めますから、それまでに間に合わなかったら、事務所に顔を出してくださいね」

「はい、ありがとうございます」

聡一郎の微笑みに、中年の女性事務員は笑顔で返してくれた。

「よし、行くぞ」

碁盤の目のような通路にはナンバーが振ってあり、それを見ながら目当ての墓を探す。

「分かりづらいね」

「薄暗くなってきたからな。確か、この角を曲がると…………あった！」

雄介は明里家の墓を見つけて駆け寄る。

母さん、今日はこっちを先にお参りする……と心の中で母に詫び、雄介は明里家の墓の掃除を始めた。

当然ながら聡一郎も手伝わされた。

すっかり綺麗になった墓を前に、花を生け直して線香をつける。

「お前が死んでるの……知らなくてごめんな。ほんと、許してくれ」

雄介は墓の前にしゃがみ、両手を合わせて頭を垂れた。

聡一郎は居心地悪そうに、雄介の後ろに立っている。

「よし」

ようやく立ち上がった雄介は、「次こっち」と、五百蔵家の墓を目指す。

「ゆうちゃん……俺さ、死神だけどさ、人間とくっついてるから明里聡一郎だよ？　俺のこの性格は聡一郎だよ？」

「そんなの、俺は知らない」

「……そうだけど」

「でも、お前の泣き虫が今も変わってないのは分かる」

初めて会ったときから泣いてた。

友だちになってと舌足らずで言えなくて「おちょもちー」と言いながら俺にしがみついてきた。四歳の頃の記憶舐めんじゃねーよ。「ゆーちゃん」って言いながら俺のあとついてきて、転ぶとすぐ泣いて、本当にうるさいヤツだった。…………今も、うるさい。

雄介は、「俺泣き虫じゃないよ」と文句を言いながらついてくる聡一郎を無視して、五百蔵家の墓に向かう。

こっちの墓も綺麗に掃除をして、花を生け替え線香を焚く。

聡一郎も、雄介と一緒に手を合わせた。

「なあ」

「ん？」

「母さんを連れてったのはお前か？」

「俺じゃない。でも、おばさんを連れて行った死神が『大丈夫、任せて』と言ってくれたから、きっといい場所に行けたんだと思う」

「そうか。お前の正体を知ってから、気になってたんだ」

「あのね、ゆうちゃん。死神って悪いことしませんよ？　淡々と仕事してますよ？　俺の場合は、ちょっとしたアクシデントがあったけれど、俺はゆうちゃんが寿命をまっとうするまでずっと傍にいるから、寂しくないでしょ？」

真剣に言う聡一郎の顔が、ちょっと面白い。

雄介は彼の頭をヨシヨシと撫でながら「言葉使いがなんか変だぞ」と笑う。

「ごめん……ゆうちゃんを愛してる気持ちが抑えきれなくて」

「母さんの墓の前で言うな！」

「ごめんなさい」

「分かればいい。帰るぞ」

雄介は桶を右手に持って事務所に向かって歩き出す。

聡一郎は「待ってよ、ゆうちゃん」と雄介の背に声をかけて足を止めさせ、五百蔵家の墓にぺこりと頭を下げた。

「お前、こんな暗い中に墓地にいて怖くないの？」

「なんでそれを今言うんだよ！」

全速力で、自分に向かって走ってくる聡一郎が、ちょっと可愛かった。


今日はうちでご飯食べよう。そんで、うちに泊まればいいよと言う聡一郎に引っ張られ、一週間ぶりに明里家に行った。

雄介は聡一郎の両親に大歓迎され（いつも大げさだが、こういうのもいいもんだと思った）、風呂を勧められ、テーブルに並びきれないほどの料理でもてなされる。

「お弁当のおかず、何がいい？」と聞かれて、ハンバーグと卵焼きと言ったら、「ゆうちゃんと聡一郎は、好きなおかずも一緒よね」と笑われた。

そして今、雄介は聡一郎の部屋に布団を敷いてもらって、その上に寝転んでいる。

聡一郎はベッドの上だ。

「ねえゆうちゃん」

「なんだよ」

「一緒にベッドで寝ようよ」

「やだよ」

「俺、なんにもしないからさー」

その言葉に顔が赤くなる。

何言ってんだ、泣き虫聡一郎のくせに！

雄介の眉間に皺が寄った。

「俺のこと、もう怒ってないよね？　俺が明里聡一郎でいいよね？」

「お前みたいな泣き虫が何人もいてたまるか」

「ゆうちゃん！」

聡一郎がベッドからいきなりダイブして、雄介にボディープレス、もとい、抱きついた。

「お前……っ！　俺より重いくせに、何やってんだっ！」

「だって嬉しくて！」

絡みついてくる長い手足を叩きながら、「図々しいヤツだな」と怒鳴ると、大人しくなる。でもまだ、抱きついたままだ。

「……そもそも死神が、人間を好きになるとかあるのかよ」

「ないよ」

「即答か！」

「だから俺は、人間とくっついてるというか、混ざり合ってるから。人間の器を手に入れて、愛を知ったというか」

「聡一郎の体を、ものみたいに言うな」

「ごめん。そうだよね、この体は替わりがない。人間は意外と脆いから、ゆうちゃんの寿命が尽きるまで大事に使わないと」

「だから、お前はものじゃねーだろ！」

触れれば温かいし、こうして抱き締めてもくる。いい匂いがするのはなんか癪だが、よく考えたら聡一郎は昔からこんな匂いだ。

「じゃあ……ゆうちゃんは……俺のこと、贋者って言わない？」

「分かんねーよ、そんなの。お前を贋者扱いしたら、一緒に過ごした時間も贋物になる。

俺は……そういうのはいやだ」

「俺もやだ。ゆうちゃんと一緒に汐干狩《しおひがり》に行ったこととか、動物園で迷子になって泣いてる俺を見つけてくれたゆうちゃんとか、女子に追いかけ回されて大変だったのを助けてくれたゆうちゃんとか、俺、二人の思い出を贋物にしたくない」

ギュウギュウと、聡一郎が抱き締めてくる。

彼の切ない気持ちはよく分かる。自分も同じだ。思い出を贋物にしたら、自分たちの間には何も残らない。それが辛い。

雄介は「だったら……」とそこまで言って、口を噤んだ。

この先自分が発する言葉は、おそらくこれからの未来に大きく影響する。死神なんて物騒な存在を認めることが、いいことなのかまだ分からない。死んでしまった聡一郎の「泣き虫」は、この死神に受け継がれている。きっと「今の聡一郎」の性格も、死んでしまった聡一郎から受け継いでいるのだろう。

「何？」

「お前、な。……一生かけて、本当の聡一郎になれよ。俺が死ぬまでずっと傍にいるんだろ？　だったらできるんじゃね？」

聡一郎が顔を上げ、目を丸くして雄介を見た。

その目はみるみるうちに涙を溜めて、溜まりきらなかった雫が雄介の頬に落ちる。

「泣くなよ」

「だって……俺、ゆうちゃんが好きで……っ、こんなこと言ってもらえるなんて思ってなくてっ、凄く、嬉しい」

「鼻水まで垂らすな」

「ごめんっ、俺、ゆうちゃん愛してる」

「おう」

「だから……俺とセックスして、俺に力をください」

バチン。

雄介が頬を引きつらせて聡一郎の頬を叩く。力の加減はした。

「痛いよ」

途中までいい雰囲気だったのに、それを台無しにしたことを分かっていない。

「それとこれとは話が別だ。俺は男で、お前も男だ」

「男同士でもセックスはできる」

「痛そうでやだし、俺は今の死神聡一郎に満足している！」

「じゃあ、痛くなければいいんだよね？　俺、頑張るから！」

「頑張るなよ！」

「頑張るよ。だって、どれだけ俺がゆうちゃんを見てきたと思うの？　どんなに可愛い女の子が迫ってきたって、ゆうちゃんほど可愛い子はいないよ？」

「お前！　もう俺のことゆうちゃんって呼ぶな恥ずかしい！」

「だめ、呼ぶ。そんで、セックスしよう」

ぐっと両肩に力を込めて布団の上に押さえつけられた。

「順番が違う、順番が！」

「…………なんの？」

きょとんとした顔で自分を見下ろす聡一郎に、雄介は「セックスは、恋人同士になってから」と標語のように言った。

「俺たち、恋人同士じゃないの？」

「恋人同士も何も、お前が一方的に『好きだ』『愛してる』って言うだけだろ！」

「あ、そっか。じゃあゆうちゃん、どうぞ」

何が「どうぞ」ですかこの野郎！

こいつは何も分かってない。これだからモテるヤツっていうのは……っ！

雄介は、素直に自分の言葉を待ってる聡一郎に「お前に言うことなんかねーよ」と意地悪く笑ってみせる。

「はい？」

「だーかーらー、さっさと俺の上からどけ。もう寝る」

「まだ九時半」

「今日は疲れたから、ぐっすり寝たい」

「じゃあ、スッキリしてから寝よう」

何を言い出すのかと思いきや、雄介は聡一郎にいきなりキスをされる。

唇を押しつけられ、ペロペロと舐められるとくすぐったい。「やめろ」と言ったら今度は舌が入ってきた。

「ん、うっ、んんっ」

そこに技巧があるのかなんて、初めての雄介には分からない。互いの柔らかな粘膜を押しつけて擦って、余った唾液を飲み下すだけの作業だと思ったのに、腰がじわりと痺れて、悔しいかな下半身は元気になっていく。

粘膜は性感帯だったのかと、雄介は初めて知った。

「雄介、ゆうちゃん……大好きだよ。ホント好き。ずっとずっと、ゆうちゃんにこういうことがしたかった」

切なげなイケメン声が耳に心地いいなんて思っちゃだめだ。顎や首筋に押しつけられる唇が気持ちいいなんて思ったら最後だ。ああ、それにしてもどうして俺は、抵抗してないんだろう。

雄介は荒い息を吐きながら、必死に自分のパジャマのズボンを脱がそうとしている聡一郎の指を軽く叩いた。

「なーんーでー」

「馬鹿っ、洒落、なんねえっ」

「本気だからいいんだよっ」

「変なところ触んなっ」

「勃ってるじゃん！　ほら、勃ってるちんこ見せてよ」

うわあああ！　お前のその綺麗な顔に似合わない単語はなんだ！　ふざけるなっ！　喋るな！　イメージ崩れる！　この馬鹿！

雄介は心の中でありったけ聡一郎を罵倒するが、ズボンも下着も脱がされる。

「やっぱ、勃起してると大きさが変わるな。もう先走り出てるよ」

「言うなよ……お前……」

「どうして？　ゆうちゃんの、ち」

「それ以上言ったら、お前とはもう口利かねーから！　イメージってもんがあるんだよ！

お前の顔に下品は似合わねーんだよ！　違う言い方しろ馬鹿！」

「え、ええと……、ゆうちゃんのそれ、もう勃ってる、とか？」

「そう！」

すると聡一郎がいきなり笑い出し、布団の上に転がった。

「何がおかしい！」

「だって、なんか……変！　変だよそれ！　国語の授業ですか！　それ！」

さっきまでグスグスと鼻水を垂らして泣いていた男に馬鹿にされるとは思わなかった。

雄介は「うっせー！　聡一郎のくせに！」と子供のような悪態をつく。

「なんかしっくりこないんだよね。名詞言いたい、名詞」

「言うな！」

すると聡一郎が雄介の耳に唇を寄せてきた。彼が知る限りの名詞を耳に注ぎ込まれていくうちに、少し萎えていた陰茎が瞬く間に硬くなる。

「感じちゃったね」

「お前、なんなんだよっ！　綺麗な顔して……子供の頃は天使で、今だって天使みたいに綺麗なのに、そんなドロドロした言葉を口にするな！」

「ゆうちゃんはエロ話しゃべれないけど、俺はしゃべれるもん」

「お前……童貞のくせに」

「うん。この体はね。でもほら、俺は『死神の明里聡一郎』だから。ゆうちゃんの知らないことをいっぱい体験してるんだ。そういう体験は大勢の死神と共有するから、そりゃもう、ステキなことになる」

微笑みながら言うことか、いや違う。

雄介は下肢を隠しながら頬を引きつらせた。

「だからね？　俺が気持ちよくしてあげるから、ゆうちゃんはいっぱい喘いで、スッキリして」

聡一郎は雄介の両足首を掴み、笑顔で大きく左右に開いた。その反動で、雄介は仰向けに寝転がる。

「おい、こら！　聡一郎！」

「ごめんね。俺が我慢できない」

聡一郎の目が欲情しているのが分かった。普段は子犬のような態度で可愛いのに、今は肉食獣に食われるような恐怖を感じる。

「やめろ、やめろ、やだ……っ、ひゃっ」

勃起した陰茎を銜えられた。

初めての行為でも、気持ちいいのが分かる。いきなり強く吸われて、舌で嘗め回されると、快感で腰が浮くのも仕方ない。

「あっあっあっ……くそっ、やめろよおっ」

先端を強く吸われてビクビクと腰が揺れる。綺麗な顔が、どんな風に自分の陰茎を銜えているのか見てみたい好奇心に駆られたが、それを見たら後戻りできなくなりそうだったので堪える。

「ゆうちゃん、気持ちいいよね。舐めても舐めても、先走りが溢れ出てくるよ」

茎を舌で嘗めながら聡一郎が嬉しそうに言う。

「言うな、よっ」

「とろとろに流れて、お尻までねっとり濡れてるよ？　凄くエロい。ここも興奮してパンパンに膨れてるし。いっぱい弄ってあげるね」

言うなというのに実況する。羞恥と快感で体が震えた。

聡一郎はどちらかというとMで、自分は絶対にSだと思っていたのに、これじゃ女王様と奴隷じゃないか。

雄介は陰嚢を指で柔らかく揉まれて「やだやだ」と首を左右に振りながら、無意識のうちに腰を突き出した。

「もっと揉んでほしい？　ゆうちゃんはエロ話はだめなくせに、気持ちいいの凄く好きだよね。初めて一緒にオナニーしたときも、俺が扱いてあげたら『もっと、もっと』って悦んでたし」

なんでそんなこと覚えてんだよ、この野郎っ！　あれはお前が、「やり方知らないから教えて」って言ったんじゃねーか！　だから教えてやっただけなのに！　嘘だったのかよ！

今口を開いたら、絶対に変な声が出て聡一郎を悦ばせる。だから雄介は心の中でありったけ叫んだ。

「いずれはゆうちゃんと恋人になりたいと思ってたんだ。でも、こんなに早く恋人になれるとは思わなかった。嬉しいから、うんと気持ちよくしてあげるね」

陰嚢を柔らかく転がしていく聡一郎の掌が、凶悪的なほど気持ちよくて、背筋が反る。だから、後孔に指を入れられても最初は気付けなかった。

「こっちも一緒に気持ちよくしてあげるよ。怖がらなくていいから」

「こっ、怖がる前に引くわっ！　どこに指、指突っ込んで……っ、あぁぁあんっ」

自分の声が死ぬほど恥ずかしい。

しかも聡一郎に「あんまり大きな声を出すと、両親に気づかれるかも」と笑顔で言われて、死にそうになった。

「やっ、も、だめ、だめだってつ、出るって、もう出るっ」

「ちょっと早いよゆうちゃん。もう少し我慢して」

「だめもう……」

その途端、聡一郎の指が雄介の性器と後孔から離れた。

「へ？」

「だめって言われたから」

そう言って聡一郎は、興奮して乾いていた唇を、自分の舌で潤した。その仕草がいやらしくて、ゾクゾクする。

「この状態で、放置かよ」

「ゆうちゃんがオナニーしてくれてもいいけど」

「やだ」

「だよね。オナニーより俺に弄られる方が気持ちいいもんね」

長めの前髪をゆっくりと掻き上げて、聡一郎が「どうしたい？」と聞いてくる。

無視してさっさと自慰で終わらせることもできるが、もっと気持ちいいことを覚えてしまった。こんなことばかり学習能力のある自分が、ホント悔しい。

雄介は「だめって言っても、それは本当のだめじゃない」と言って、唇を噛んだ。

「うん、そうだよね。知ってる」

「あっ、この、やろう！」

「キスしてあげるから機嫌直して」

聡一郎がクスクスと笑いながら覆い被さってくる。唇にキスをされて、つい口を開けてしまったのは失敗の極みだ。

唾液で滑った口腔で舌を絡めていくと、口でセックスしている気持ちになってくる。粘りけのある湿った音が恥ずかしくて気持ちいい。ずっとこうしてねちねちと舌を絡めていたかったが、呼吸が苦しくなって急いで唇を離した。

「キスをするときは鼻呼吸」

「わ、分かったたっ」

「気持ちよかった？」

「あ、ああ。俺……キスは好きかも」

聡一郎に、口の中をしつこく弄ってもらうのがいい。……やっぱり俺はMか、Mなのか。

こんなことされて「いい」だなんて。

雄介はそっぽを向いて呼吸を整える。

「素直なゆうちゃんって……レアかも。嬉しい」

「お前の感想なんかどうでもいいんだよっ！　もう我慢できないんだから、さっさと触れよ！　早くしろっ！」

「うん、分かった」

聡一郎は笑顔で頷き、熱く昂ぶっている場所に指を伸ばす。

「ふっ、ぅ、うぁっ、あっ、ひぐっ」

男なのに、こんな変な声が出てしまうのが恥ずかしい。いやもしかしたら、世の中には大きな声を出す男もいるかもしれない。外国人はリアクションがオーバーだからきっとそうだ……なんてことを思っていたら、陰茎が少し萎えたらしく、聡一郎が「気持ちよくない？」と聞いてきた。

「ちょっと、別のこと考えた」

「それ、ひどいよ雄介」

ここに来て、突然の「雄介呼び」。

雄介の陰茎は面白いように血液が集まり、瞬く間に硬くなる。

「え？　いや、これは……っ」

「いっぱい気持ちよくしてやるから、雄介」

「んんんっ」

陰嚢をふにゅふにゅと揉まれたまま、指で肉壁を犯される。触れてない陰茎はだらだらと先走りを溢れさせて、雄介の股間は漏らしたように濡れた。

「雄介は気持ちいいことが大好きだから、初めてでも前立腺で射精できそうだね」

「な、なにっ、それなにっ、やだ、中っ、指増えてるっ」

三本の指に内部を突き上げられるだけでなく、前立腺とその少し奥まで、指が届く範囲をすべて弄られる。

「んーっ、んんっ、あっ、もっ、なんか変っ、聡一郎っ、それやだっ、何か変だってっ」

「今、雄介の前立腺を弄ってるから」

そして耳元に「気持ちよすぎて漏らしちゃってもいいよ」と囁かれて、雄介は大きく口を開け、声にならない悲鳴を上げて果てた。

精液は二度、三度と勢いよく飛んで、下腹だけでなくパジャマの上着も汚す。

「雄介の射精するときの顔は、昔と一緒だね。気持ちいいと口が開いちゃうんだよね」

もう悪態をつく体力も残ってない。

心地よい脱力感と、どうしようもない罪悪感で、目を開けているのが辛い。

「だめ、寝る」

「え」

「おやすみ」

「ゆうちゃん！　俺は？　あの俺……まったくスッキリしてないんだけどっ！」

「自分で抜け」

「いや、それはちょっと。ゆうちゃん？　ゆうちゃん！」

もうだめだ……と、雄介はだらしない格好のまま、深い眠りに入っていった。


朝から聡一郎の機嫌が微妙に悪い。

朝食は大好きな洋食だし、彼の母親が作ってくれたオムレツは最高だ。なのに、時折雄介を咎めるような視線で見つめる。

二人で仲良く登校しても、電車に乗っても、聡一郎は雄介の傍から離れはしないが、むしろべったりくっついていて、「またべったりだよー」「あの幼なじみは怖いから、明里君に話しかけらんない」とブツブツ文句を言われるくらいくっついてくるが、喋らない。

「おい聡一郎。いい加減に……」

「俺も気持ちよくなりたかったのに」

「はぁ？」

「ゆうちゃんはさっさと寝た」

そもそも聡一郎が強引に仕掛けたことだ。雄介が非難される謂《い》われはない。

だが雄介は、男として「そういう状態」がどれだけ大変か分かっているので、少しだけ気の毒になった。

「それは、悪かったな」

「だったら、今度はセックス？　俺とセックスしてくれる？」

「お前、声大きい」

こんなことを他の生徒に聞かれたくない。

雄介は「声を抑えろ」と小声で言った。

「お前、俺とセックスできれば俺に嫌われててもいいのかよ」

「ゆうちゃんは俺のこと嫌いだったの……？」

小声でも、アクションが大きかったらすべて台無し。

聡一郎は教室に入る前に、廊下の壁にぺたりと体を押しつけて「もう立ってられない」と震え声を出した。

校内の外見偏差値ベスト3に入る男の奇行は、今や学校公認であるが、それでも、夢が壊れるのであまり見たくないだろう。

他のクラスの生徒たちは視線を逸らして素早く過ぎ去っていく。

「おはよう五百蔵。明里がウザい」

宇野は、聡一郎の肩をパンと乱暴に叩いて「さっさと教室に入れよ」と急かした。

「おはよう。昨日はどうだった？　ちゃんと話し合いできたか？」

心配そうに声をかけてくる栄浪に、「ああ、まあな」と答えて、一緒に教室に入った。


昨日よりも授業が楽しいような気がするのは、気のせいじゃない。

余計なことを考えなくてすむから、すんなりと頭の中に入っていく。

時々後ろの席から、ちぎった消しゴムが飛んで来たが、それは綺麗に無視した。

「……ゆうちゃんは、いつになったら俺を好きだって言ってくれるのかな？」

珍しく教室で弁当を食べながら、聡一郎が頬を膨らませる。

「学校で話すことか？　それ」

雄介は後ろを向いて、聡一郎と向き合いながら眉間に皺を寄せた。

「明里は失言が多いから、学校でそういうことは言わない方がいい」

栄浪に突っ込みを入れられて、聡一郎は「そんな」と肩を落とす。クラスメートに「ペットが叱られてるわー」と笑われて、ますますしょんぼりする。

「おい、人の友人をペットとか言うな」

雄介はムッとした顔で、へらへら笑っていたクラスメートに注意すると、「お前が一番ペット扱いしてるじゃないか」と言い返された。

「あ？　なんだと？」

思わず席を立った雄介を、聡一郎が右手を前に出して止める。そして雄介の代わりに口を開いた。

「たまに勘違いしちゃう人がいるんだけどさ、相手が雄介や宇野、栄浪だから、馬鹿やって遊べるんだよね。俺が誰にでもぺこぺこして言うことを聞くと思ってた？　だとしたら誤解させてごめんなさいだ」

きらきらと輝く笑顔で聡一郎に言われたら、言った方は「こっちこそごめんなさい」と言うほかない。

「分かってくれてありがとう」

最後までニッコリ笑顔で締めて、聡一郎は「ゆうちゃんお茶ちょうだい」と、雄介のペットボトルを拝借した。

「なかなか言うもんだな、明里」

「最初が肝心、というところだろ。新しいクラスになって二週間あまり、みんなクラスに慣れてきたもんな」

宇野はニヤニヤして、栄浪はうんうんと頷いた。

「お前があんなこと言えるなんてな」

今までだったら、雄介が相手を怒って終わりだったのに、雄介は聡一郎がいきなり離れてしまったような寂しさを感じる。

「いつまでもゆうちゃんに甘えてられないでしょ。生涯守るんだからさ」

「そうだろうけど、しかし……」

「だから今夜はセックスさせて」

隣の席で、宇野と栄浪が咳き込んだ。

家庭科準備室という名の部室に入り、簡単に部屋の掃除を終えていつもの定位置につく。

ソファは部長と副部長のものだから、雄介たちはパイプ椅子や丸椅子に腰掛けて菓子のレシピ本を眺め、お茶会用の菓子をどれにするか相談する。

そこに部長と副部長が一緒にやってきた。

「ああ、いい雰囲気に戻ったね。うんうん、うちの部室はこうじゃないと！」

熊部長はニコニコと微笑みながら、自分の席に落ち着く。

「どの部活も、見学者が現れ始めたらしい。五月連休までに入部する部を決めなくちゃならないから、今回のお茶会はみんながんばろうね」

副部長は「来週の月曜、初っぱなから家庭科室の使用許可取った」と親指をぐっと立てた。

「あー……つまり、メニューを考えて段取りをつけるまで、今日を入れてあと四日しかないってことですか？」

宇野の問いかけに、部長が「そうだね」と頷く。

「デコレーションケーキを数種類と、ミートパイと、カップケーキ？」

「どうせオーブンを使うなら、グラタンとかも一緒に作りたい。甘いものとしょっぱいものは同じぐらいあると幸せになれる」

栄浪の言葉に、雄介が「賛成」と答えた。

「それぞれ得意分野があると思うから、みんなで手分けして段取りを決めよう。あとエプロンは、去年の文化祭で使ったアレを着用する」

お祭り大好きな副部長は、嬉しそうに微笑んだが、雄介たち四人の二年生は頬を引きつらせた。

黒とはいえ、フリフリレースのついたエプロンを笑顔で着たくない。

モデルをしている宇野と、キラキラ美形の聡一郎は似合うだろうが（本人たちがどう思っていようと）、雄介と栄浪には羞恥プレイ以外の何ものでもない。

大体、三年に「プークスクス」と笑われ「可愛いぞメイド」とからかわれて終わるのだ。

「待ってください、副部長！　あのエプロンは逆効果！　新人入ってきませんよ？」

「宇野と明里にしか着せないから大丈夫だよ」

部長が横から口を挟み、雄介と栄浪は二人で拳を振り上げた。

「まあね、分かってたけどね」

「何を着ても似合ってしまう自分を恨めということか」

聡一郎は空を仰ぎ、宇野は力なく笑う。

「さて、とにかく今大事なのは、どんなケーキを作るかと作業の時間配分、そして材料。

予算は限られているから、低予算でいかに旨いものを作るかが課題」

「俺はバタークリームのケーキでなければ、なんでも美味しくいただくよ。あれは、こってりしすぎて辛いんだよね」

熊に言われても困る……なんて思いながら、部員たちは「そうですねー」と頷いた。


駅まで続く大通りは「宇野くーんさよならー」「明里君またねー」と、挨拶をする女子高生たちでいっぱいだ。

当初、明里に迫っていた一年坊主たちは、なぜか今は雄介を陰から見つめる「五百蔵先輩に叱られ隊」という気味の悪い組織を作って活動しているらしい。

「恐ろしいことに入隊を勧められたが、丁重に断っておいた」と栄浪に言われ、雄介はその存在を知った。

「なんかさー、こうやって四人でのんびり帰るって……久しぶりのような気がする」

宇野の言葉に、聡一郎は「てへへ」と肩を竦めて笑い、雄介は「すまない」と真顔で謝った。

「三年間しかない高校生活だから楽しく過ごしたいね」という、宇野の言葉がしみじみと胸に染みる。

「桜ヶ山が男子校でなかったら、家事部もこんなのんびりできなかったろうしな。やっぱ、男子校は楽でいい」

雄介が笑う。

もし共学なら、宇野と聡一郎の彼女の座を巡って、女子たちが日々火花を散らす、殺伐とした高校生活になっていたことだろう。

雄介や栄浪は「怖い、デカイ、ウザイ」と嫌われていたかもしれない。

「男子校なのに、告白場所があるのが不可解だけどな！」

「……あれ、報道部が徹底的に調べて、その成果を文化祭で小冊子にして配るらしいぞ」

開き直って笑う雄介に、栄浪が情報をもたらした。

「マジか、それほしいわ」

「俺もほしい。創立が明治だから、いろんな謎が隠されてそうだ、うちの高校は」

二人でニシシと笑っているところに、聡一郎が「なんの話？」と言いながら雄介の背中にしがみついてくる。

「報道部の話」

「ふーん。……俺はゆうちゃんが楽しいならそれでいいや」

「明里の世界は、ホント、雄介で回ってるんだな」

「当然だよ、栄浪。俺はゆうちゃんを死ぬまで守り抜くんだから」

「だがな、それだと五百蔵は結婚できないんじゃないか？」

栄浪の言葉に、聡一郎は「ゆうちゃんは俺だけじゃ物足りないの？　浮気するの？」と真顔になった。

「結婚問題かー……俺には無用の産物だ」

声をかけてくれた女子に「バイバーイ」と手を振ってから、宇野が笑いながら言う。

「頑張って芸能人の道に突き進みたいからねー。それに女子の怖さは、自分の周りより明里の周りを見てる方がよく分かるし」

「あのな、みんな。重大発表をすれば、俺は今現在女子の怖さが分かる。絶対に振り向くなよ？　どうしても見たかったら、さり気なくな？　さり気なくだぞ？　そこの郵便ポストの後ろに、さっきからこっちをじっと見てる女子高生が三人いる。あの制服、桜ヶ山駅を最寄り駅にしてる高校の制服じゃない」

雄介が小声で言うと、聡一郎は「何それ怖い」と雄介にしがみつき、宇野は、スクールバッグを肩にかける振りをして背後を確認してから「あれは人だ。人間人間」と、取りあえずの正体を口にした。栄浪は見たくないので見ない。

「校門を出るところからずっとついてきてた」

「あの制服、一つ隣の駅の女子校の制服だと思うんだよ。胸のリボンが大きくてスカートのプリーツが凄く可愛いのが特徴なんだ」

さすがは宇野。一瞥しただけで、よくそこまで確認できたものだ。

「だとしたら、目標は聡一郎か宇野だな。ああでも、変な女子を引き寄せるって意味じゃ、聡一郎狙いかもしれない」

「やだよ俺！　俺にはゆうちゃんがいるんだから！　俺の人生の助手席はゆうちゃん専用なんだから！」

「馬鹿、声が大きい」

雄介は聡一郎の背中をパシンと叩く。

その瞬間、携帯端末のカメラ機能が作動する音が聞こえた。

「え？」と思って四人で一斉に振り返ると、ポストの後ろにいた三人の女子が「暴力現場の証拠ゲット！」と叫んではしゃいでいる。

「どうして明里に近づく女子って……みんなああも個性的なんだ？」

嘆く宇野に、栄浪が「明里の半分は死神でできてるからじゃないか？」と素晴らしい答えを出した。

なるほど。それなら今までのストーカー騒ぎや一年の男子高生の騒ぎも納得できる。

「多分……俺が死神としては弱い状態だから、それを本能的に察して『ちょろい美形発見』とか思われてんだと思う」

「しっかりしろよ、お前！」

雄介は、しょんぼりする聡一郎の肩をパンパン叩くが、写真を撮られるだけだった。

「信じられなーい！　明里君を苛めてるー！」

女子たちはそれだけ言って、走って逃げた。

「なんなんだアレ、通り魔かよ」

「ごめんね、ゆうちゃん。俺のせいで……」

「別に、お前に危害が加えられているわけじゃないからいいけどさ」

「でも、気持ち悪いよね」

雄介と聡一郎は揃って頷く。

そこに宇野が「三人のうち一人の背中に変なの憑いてた」と言ったものだから、大通りに男四人の悲鳴が上がった。

「多分……これは俺の憶測に過ぎないんだけど、明里の、死神としての力がちゃんと戻れば、すべては上手くいくんじゃないかな？」

「俺は、お前らがどんな関係になったとしても、友だちでいるからな」

宇野と栄浪はそう言って、分かれ道で手を振って帰った。

「か、帰ろうか……ゆうちゃん」

「そうだな」

いつもならもっとぴったりくっついて歩いているが、今日は変に気まずくて距離を置く。

雄介は、宇野の言った言葉が気になったが、だからといって「はいそうですか」と聡一郎とセックスする気にはならなかった。

幼なじみで互いの裸も知っているし、少々過剰なスキンシップにも慣れている。それに、自慰よりも気持ちのいいことをした。

けれど、尻にアレをアレしてアレするという男同士のセックスとは違う。聡一郎と一緒に違う世界の扉を開けてしまってもいいのだろうかとか、そういえばこいつ、半分死神だったとか、頭の中で考えれば考えるほど思考が散乱して収集がつかなくなった。

「あれこれ悩みはあると思うけどさ、まずは、来週のお茶会を成功させようよ。新人ほしいでしょ？　うちの部もさ」

「……聡一郎のくせに、なんだそれ。もっとエロいこと考えてると思ったぞ俺は」

「酷くない？　確かに俺の一番はゆうちゃんだけど、学校生活も楽しく送りたい」

「あーはー、ごもっとも」

「その言い方やめて」

「しかし……ほんと、最近になってだよな。次から次へと……」

「多分ねえ、この体が成長期だからだと思うんだ」

「お前、まだ伸びるのかよ」

「本来ならこんなに育つ予定はなかったのに、死神と合体したからさ、スクスク育っちゃってさ。でもいきなり体に見合った力になっても、きっと誤作動するだろうし。替えがないから地道に慣らしていかなくちゃって感じ。今はその準備期間なんだと思う。人間の体って凄いね」

「まあ、そりゃな……」

ちょっと待て。おいこらちょっと待て。何重大な話を下校中にさらりと言うんだ、この馬鹿野郎は。

雄介は眉間に皺を寄せて、ずいと聡一郎に顔を寄せる。

「な、何？」

「あれか。もしかして……『大人』になればいろんな力が使えるってヤツか？」

すると聡一郎はニッコリ笑顔で「ゆうちゃん、エロいね」と言った。

「な！　だって普通考えるだろ！　考えるだろ！　疫病神だってエロでパワーを得るって言ったじゃないか！」

「うん。あそこまであからさまに言われるとは思わなかったけど」

「そうか、まあ、いずれはってことで！」

「そのいずれっていつ来るのさー」

「高校生が不純異性交遊をしていいと思ってるのか？」

「異性じゃなーい」

「揚げ足を取るなっ！　…………………え？　アレなんだ？」

雄介は、自分の家の玄関に佇んでいる着物姿の女性を見て、聡一郎の肩を叩く。

「あれだけハッキリ見えてれば、俺にも分かるんですけど……言っていい？」

「い、言えよ」

「人間じゃない。地縛霊かな。たまーに、死神のお迎えが間に合わない魂が、ああいうのになっちゃうんだ。でもなんで？」

女性はこっちに気づき、会釈をすると、裏通りに向かって歩いて行った。

「会釈された」

「うん」

「おい。一緒に俺んちに行くぞ」

「ゆうちゃん、いや雄介さん。今日は俺の家に行きましょう。怖いって、なんかヤバイって！　俺の家で一晩過ごして！」

「死神が怖じ気づくんじゃねー。行くぞ！」

雄介はいやがる聡一郎の腕を引っ張り、引き摺るようにして自分の家に入った。


玄関に入ると、何やらとても美味しそうな匂いがする。これは煮物だ。

「肉じゃが……かなあ。あと、鶏の唐揚げみたいな匂いがする」

聡一郎は「お腹空いた」と呟きながら靴を脱ぐ。

「おばさんが料理を作っておいてくれたんじゃないか？」

まさかいきなり親父が帰ってきたんじゃねーだろ。料理作れないし。

雄介は首を傾げて、聡一郎のあとを追った。

「あーあーあーっ！」

「あははは。お帰りなさい、お二人サン。勝手に冷蔵庫を開けさせてもらいましたー！

腕には自信があるので、是非食べてくださいね」

裸エプロンの疫病神が、ダイニングテーブルに料理を並べている真っ最中だった。

それとは別に、来客用の湯飲みが一つあったのが気になって、雄介は「それ、どうした」

と尋ねる。

「近所に、寂しがり屋の地縛霊サンがいたので、お茶に誘ったんです」

「それって……着物を着た女の人か？」

「はい。結構楽しくお茶できました。俺も日中は暇してたし！」

「……の、呪ったり祟ったり……しないだろうな？」

それが一番恐ろしい。

事と次第によっては、宇野に頼んで「本物のお祓い」ができる人をここに呼ぶことにな
る。聡一郎にどうにかしてもらおうとは思わないし、今の彼にはできないだろう。

「人間を呪ったり祟ったりはもう無理なんですって。最近は、目の前を通るイケメンのサ

ラリーマンを見るのが楽しみだって」

「そ、そう……よかった」

安堵する雄介の横で、聡一郎がおそるおそる肉じゃがの味見をしている。

「何これ……めちゃくちゃ旨い！　すっげー旨い！　ゆうちゃんも食べてみてよ！　美味しい！」

ジャガイモに白滝に飴色のタマネギ、花形に切られたにんじん、そして牛肉。

「うち、いつも豚肉で作るんだけど……」

それでも取りあえず、聡一郎が差し出した箸に載っていた肉じゃがを口に入れた。

蕩けるジャガイモ、上品なだし汁の味。

「なんだこれ！　すっげー旨い！」

「以前取り憑かせてもらった人間が、和食の料理人だったんです。それで覚えました」

あー……………そうですか。そうでしょうとも。

気持ち的には大変複雑だが、旨い料理に罪はない。

「ありがたくいただく」

「嬉しい！　味噌汁は、豆腐とナメコにしました」

いろいろ作ってくれるのは嬉しいが、裸エプロンだけはやめてもらいたい。

「あのさ、その格好……どうにかなんねー？」

「エプロン着けたんですけど、だめですか？」

「いやほら、全裸にエプロンは、ちょっと……」

「この格好、気に入ってるんですけど」

それは、なんとなく分かるが……。

雄介はどう言ったらいいものか、聡一郎に視線を移す。

「俺のジャージ貸せばいい？　後ろ向きの姿は見たくないし」

「そうなるな……」

旨い料理を食べながら、男の尻は見たくない。たとえそれがイケメンの尻であってもだ。

「ありがとうございます。まあ日中は大体フィギュアの中に入ってるんで、家事をするときに貸してもらいますね！」

「なあ、料理を作ってくれるのは嬉しいが、いつまで居候するつもりなんだ？」

「あなたたちが恋人同士になるまでは絶対にいます。祟らないから置いてください。これでも『神』と名の付く精霊座標です」

やっぱ……そこかよ。

雄介はため息をついた。

「そんな、今更改まって恋人にならなくても、別にこのままでいいんだけどな」

「何言ってんの？　雄介さん。五百蔵雄介さん！　それ、物凄く大事ですから！」

「だってお前、俺が死ぬまで傍にいるんだろ？」

「いるけど！　……ちゃんとした関係がほしい」

「親友とか、幼なじみとか、そういうのでいいじゃないか」

「キスやセックスは恋人同士でする」

　聡一郎はむっとした顔で雄介を睨むが、どうしようもない。

　雄介は、聡一郎を恋愛対象として見たことなど、一度もないのだ。

「まず、飯食おう。腹が減ってると、気持ちも落ち込むし」

「それは賛成する」

「では、俺が給仕しますから、二人とも座ってくださいねー」

　裸エプロンの陽気な疫病神は、けっしていいとは言えない雰囲気の中でも気にせず、雄介たちに料理を振る舞った。

家事部がお茶会を開くという噂は、瞬く間に全校に広まった。

「家事部？」と首を傾げる者から、去年の文化祭での大盛況を知っている者まで、お茶会を楽しみに待った。

生徒だけでなく教師たちも、「友坂の作るケーキは最高ですからね」「高浦のクッキーも旨いもんです」と、お相伴に預かるべく、ウキウキしていた。

月曜日は授業が五時限しかない。だから副部長はこの日に決めた。

ＨＲを終えて、家庭科室に集まったのが十四時十五分。

「……ええと、小麦粉と無塩バターと、卵、砂糖に……豚と牛の合い挽き、ペンネ、生クリーム」

家庭科室に到着した材料を一つずつチェックしながら、欠品がないか確認する。

それを終えたら、一斉に作業がスタートする。

宇野と聡一郎も、作業中はみんなと同じ三角巾に白エプロンを着た。

部長の友坂は作業台に大理石を置いて、鼻歌を歌いながらパイ生地をこね、副部長の高浦は、ケーキ用の材料を計量カップで正確に計る。

雄介はミートパイとグラタンに使うタマネギを刻み、聡一郎と宇野はグラタン用のホワイトソースを作る。栄浪はトマトを湯むきして、ミートソースを作り始めた。

まだ調理は始まったばかりなのに、家庭科室の周りには生徒たちが集まっている。

家庭科室のドアには「お茶会は、四時半からです」と書いた紙を貼った。

こねたパイ生地を一時間冷蔵庫で寝かせ、オーブンを温め、果物をカットする。

みな殆ど喋らないが、手順はレシピ通りなのでなんの心配もない。顧問である一年の国語教師は、「家事部主催の一年メインのお茶会だ。無料で旨いものが食べられるし、体験入部も可能だから、暇だったら来い」と授業ごとに宣伝してくれた。

ケーキ型の内側にバターを塗り、混ざり合ったタネを流し込む。何度か空気抜きをして、最初のスポンジが四つ、予熱で温められたオーブンに入った。

栄浪がタイマーをセットし、次の作業に取りかかる。

部長は栄浪の作ったミートソースの味を確認し、深く頷いた。

タマネギとマッシュルーム、細かく刻んだ鶏モモ肉を少量の油で炒め、塩胡椒で味付けをしてからホワイトソースと絡める。固めに茹でたペンネと合わせ、ガラスの耐熱皿二つに分けて入れる。

「よし。ここで五分、一旦休憩しよう」

寝かしたパイ生地は、休憩の終了とともに冷蔵庫から取り出す。それまで休憩だ。

「こんなに喋らないで集中したのは久しぶりだ」

宇野が丸椅子に腰掛けて、ペットボトルの水を飲む。

「やはり、客がいると燃えるな」

栄浪は家庭科室のドアの向こうを見て笑った。

「普通の一年が入部してくれるといいな」

聡一郎が切実なことを呟く。

今朝も、言動の変わった男子生徒にずっと話しかけられてうんざりしていた。

「とにかく今は、ちょっと疲れた」

雄介は「俺は縫いものの方が好きだなー」と付け足して、タオルで額の汗を拭う。

ほどなく、五分後にセットしたキッチンタイマーが、ピピピと可愛い音を立てた。

「はーい、作業再開！」

部長が立ち上がって、冷蔵庫に向かう。

「よし。次はカップケーキ始めるからな？　お前らシリコン型用意しろ」

副部長の指示に、雄介たちが「はい」と動き出した。

部長が作った最高のパイ生地をタルト型に敷き、中にミートソースを敷き詰めて、一番上を溶けるチーズで覆う。その上からパイ皮の蓋をかぶせて綺麗に閉じてから、刷毛《はけ》で卵黄を塗っててかりを出した。

「何個できた？」

「いち、にー、さん、よん……と、全部で四つ」

部長の問いかけに、栄浪は「足りないですかね」と聞き返す。

「余ったチーズとパイ生地で、スナック菓子を作るから、十分じゃないかな。オーブンが温まっているなら、入れていいよ」

「はい！」

落とさないよう慎重にオーブンに入れて、これでミートパイも焼き上がりを待つだけだ。

宇野と聡一郎と雄介は、出来上がったばかりのカップケーキのあら熱を取るため、うちわで仰いでいる。

副部長は自動泡立て器を使って、無心にクリームを泡立てていた。

部長は「ちょっと外見てくるね」とドアを開けて外に出たが、すぐに戻って来た。

顔に最高の微笑みを浮かべていて、見ているこっちが嬉しくなってしまう。

「何があった？」

副部長の問いかけに「大勢の人が、すでに整列して待ってるよ。ちょっと三年生の数が多かったから、あとで俺が間引いておくね」とさらりと言ったが、間引くは若干恐ろしい。

「俺たちはみんな大きいから、一年生は小さい子がいいな、高浦」

「え？　間違えて踏むのいやだから、同じぐらいデカイヤツらがいい」

「いや、でも」

「大は小を兼ねる。人数が増えたら、備品ごともっと大きな部室に移動しよう。たとえば、旧視聴覚室とか」

「あー！　あそこはいいね。広くてのんびりできる。レシピ本もいっぱい置けるが……でもあの部屋、出るって噂じゃないか高浦。ちょっと怖いなー」

「友坂、その図体で怖いとかやめて。熊部長。俺、そういうの見えないし信じてないから」

部長と副部長の会話を聞きながら、聡一郎は申し訳なさそうな顔になり、雄介と栄浪は笑いを堪え、宇野は「本当なんだけどな」と小さな声で言った。

「え！　あそこ、本当に出るの？　俺やだ！　あの部屋絶対に行かない！」

死神が何を怖がってんだよ！

雄介は心の中で激しく突っ込みを入れ、「声がうるさい」と聡一郎を叱る。

「見えれば信じるかもしれないけど、心霊系の写真とかムービーは、殆どトリックだろ。

そもそも俺は、そういう不可思議系は信じないタチだし。ははは、目の前に連れてこーいってな」

いいます。副部長、あなたの前に死神が一人います。

聡一郎以外の二年は、思わず「ブッフ」と噴き出してしまった。

デコレーションケーキは、定番のイチゴケーキ。そして甘さ控えめのビターチョコケーキが出来上がった。十号の型を使って作ったので、圧巻の直径三十センチだ。その上に八号型ケーキが載っているのでウエディングケーキにも見える。

それらを取り囲むように、色とりどりのアイシングが施されたカップケーキ。口直しにどうぞと、余ったパイ生地で作られたチーズスナックもある。

グラタンは香ばしい焦げ目が殺人的に食欲をそそり、ミートパイに至っては匂いを嗅いだら「いい匂いすぎて死ぬ」レベル。

それに、家事部秘蔵の紅茶が振る舞われる。

最初に家庭科室に入ることができたのは、顧問の教師とその他の教師、あとは一年生だ。

二年と三年は文句を言ったが、部長と副部長が「先輩は我慢を覚えろ」と揃って叱ったので、どうにか大人しくなった。

それでも優しい熊部長は、教師と一年生に食べ尽くされないよう、ケーキやグラタン、ミートパイを避《よ》けておく。

教師たちは部員の家事の腕を分かっているので平然としていたが、一年生たちはお菓子の家に迷い込んだ子供のように目をキラキラさせて、「男が作れるのかこれ！」「うわーすげー」

と素直に喜び、ケーキの旨さに笑い出す。

中には「明里先輩が作ったのはどれですか？」と聞いてくる者もいたが、それには誰もが「全部だよ」と答えた。

面白かったのが、雄介の元に駆け寄った数名の一年生だ。

「あ、あの……五百蔵先輩！」

「なんだ？」

「俺たち、先輩を兄さんと思ってもいいですか？」

雄介の頬が引きつる。「何を言ってんだ馬鹿」と怒鳴りたい気持ちになったが、相手は瞳を輝かせた一年生。それに何か悪いことをしたわけでもない。

「思うだけなら自由だから、構わないぞ」

「ありがとうございます！　嬉しいです」

「お、おう。……えっと、ほら、食べるものがなくならないうちに食べてこい。旨いから」

「はい！」

一年生たちはキャッキャウフフと女子高生のようにはしゃぎながら、ケーキの山に突入した。

ここ、男子校なんだけどな。それとも、男しかいないから、むしろ精神が解放されるのか？　だから告白場所があるのか。そうなのかー……。

雄介はいやな結論に達しそうになる前に、頭を左右に振って忘れようとする。

なのに、視界に入った宇野と聡一郎が台無しにした。

黒フリルのエプロンを着た二人は、確かに似合っていた。そりゃそうだ。かたやモデル、こなたキラキラ美形。長身なのもいい。

しかし、よく見るとエプロンの下はスカートで、頭にはレースのカチューシャを着けている。

「何やってんだ……？　あいつら」

「同じことを、俺もさっき思った」

栄浪がため息をついて、「似合ってるから余計気持ち悪い」と付け足す。

「スカートが長いのが幸いだな。スカートから見え隠れする男の筋肉質の足なんて見たくない」

「同感だ」

雄介と栄浪が冷ややかな視線を向ける中、宇野と聡一郎は笑顔で接客を続けた。


「決して、進んで着たわけじゃない」

「俺だってそうだよー。部員を入れるためでしょ？」

部室に戻った途端、女装組は腰に手を当て、「恥ずかしかった」と主張する。

「別に言い訳しなくてもいいんだぞ、聡一郎。お前は言動がへにゃへにゃしてるから、女装したいと言われても、俺は『そうか』ですませてやる」

「ゆうちゃん格好いい……じゃなくて！　どうせならゆうちゃんの女装が見たかったよ！　俺は！」

「俺が女装したら、それだけでホラーだろうが」

サクッと言い返す雄介の後ろで、栄浪が肩を震わせた。

「俺だって、先輩命令でなければ女装なんてしない。ただ、似合ってしまうのは仕方ないと思ってる」

宇野は開き直って「モデルだし」とポーズを取った。

「どうでもいいから、さっさと脱げよ。いつまでもそんな格好をしてるから、女装が好きだと思われるんだぞ？」

「その前に、この格好でゆうちゃんと記念写真が撮りたい」

「はあ？」

「思い出作り！」

「幼なじみの女装なんて、記憶から消し去りたいくらいだよ！」

「それ酷い！」

「キモいからさっさと脱げ！　それとも脱がしてやろうか？」

べたべたと張り付いてくる聡一郎が鬱陶しくなって、雄介は反撃に出る。だが聡一郎は「俺を脱がしたいだなんて、大胆！」と喜んでしまった。

「明里、五百蔵に叩かれる前に着替えた方がいいぞ」

すでに拳を振り上げている雄介を笑いつつ、栄浪が冷静に提案する。

「はい！　着替えます！　着替えますからっ！　どうせなら尻を叩いてよ！」

なんだそれは！　変な趣味か？　おいっ！

雄介はげんなりと聡一郎から離れ、「子供の頃は可愛かったのに」と聡一郎との過去の思い出へと旅立つ。

「違うよ。頭とか腹とか殴られるより、尻の方が丈夫だと思っただけ。決してスパンキングの趣味があるわけじゃない」

フリフリエプロンを脱ぎながら言うことか。

「でも明里。こないだの体育の授業で、五百蔵のスパイク見ただろ？　あの勢いで叩かれたらとんでもないことになるんじゃないか？　尻が」

宇野が「五百蔵はスポーツできるのに家事が大好きな残念男なのを忘れたのか」と付け足した。

「あー……それは、ちょっと、困る。やっぱり、もう大人なのに、子供みたいに尻を叩かれて恥ずかしいっていうシチュエーションは、ゆうちゃんの方が似合う」

「似合わねーよっ！」

即座に突っ込みを入れるが、栄浪が「なあそれＳＭ話なら俺は参加できない」と真顔で言ってきたのでやめた。

お茶会は大盛況で、菓子を一口しか食べられなかった三年生の多くからは「二回目を是非」「定期的にやってくれ」とリクエストを賜《たまわ》り、しかもその中に生徒会長もいたものだから、予算会議の前に部費の増額を提案できるいい機会だと、部長と副部長は生徒会室に行ってしまった。

「穏やかな熊みたいな先輩だけど、頭が切れるから怖いなあの人」

宇野の言葉に全員頷く。

「そうそう！　一年生もね、ごく普通の子が、仮入部の話をしてくれてよかったよ！」

「そうか、よかったな」

「ゆうちゃんのところにも、一年生が何人か話しに行ってたよね？」

「あー………うん」

栄浪が背中を向けて「ぶふっ」と噴いた。

「見てたのか？　栄浪」

「うん。あれはなかなかおもしろかった」

「えー、何々？　俺にも教えて～」

聡一郎の問いに、栄浪が「兄と思ってもいいかって聞かれて、五百蔵が『思うだけなら自由だからいいぞ』と答えてた」と、そのまま答えた。

「なんだそれ！　どこの一年？　俺が『ゆうちゃんは俺のものだから！』って言ってくる！　許せない！」

「静かにしろよ」

相手がエキサイトすると冷静になってしまう。

雄介は「お前が怒ることじゃないだろ」と言ってため息をついた。

「心の浮気はタチが悪いよ！　俺は生涯ゆうちゃん一筋なのに！」

「なんだそれ！　なんだその浮気って！　俺だって！　お前のことで頭がいっぱいで、他のことを考えてる余裕なんてねーよ！」

雄介は、ふんと鼻を鳴らし、「ご褒美」のラップに包まれたカップケーキをスクールバッグに突っ込んだ。

反対に、聡一郎は顔を真っ赤にしてその場に崩れ落ちる。

「天然と言うか鈍感？　どっちにしても最強だ」

「どうして、あれで恋人同士じゃないんだろう」

「こんなことは言いたくないんだが、押し倒して自覚させるしかない」

「うっわ。栄浪にここまで言わせるなんて、五百蔵……恐ろしい子！」

「お前らもうるさい！　そしてお疲れ様でした！　俺は帰る！」

片付けが終わった時点で七時を回っていた。

今はもう、八時近い。外は真っ暗だ。

「ゆうちゃん！　俺も一緒に帰る！」

聡一郎は、脱いだ服を慌ててハンガーに掛けて宇野に渡すと、スクールバッグを抱えて雄介のあとを追った。


月明かりに照らされた通学路に、いつも聡一郎に挨拶をする女子高生たちはいない。

雄介はそれを清々しく思いながら、聡一郎が追いかけてくる足音を聞いた。

「ゆうちゃん！」

「早いなお前、陸上部に入ればよかったのに」

「俺はゆうちゃんのいるクラブにしか入りたくないよ！」

聡一郎は文句を言いつつ、バッグを持っていない雄介の左手に自分の右手を絡めてくる。

「おい」

「今は俺たち二人きりだから、誰も見てないよ」

「そういう問題じゃ……」

きゅっと、聡一郎の指に力が入った。

「これ、恋人繋ぎって言うんだって」

「男同士でむなしくないか？」

「俺はゆうちゃんの恋人になれないの？」

「……そりゃ無理なんじゃね？」

「どうして？」

綺麗な顔が、背中を丸めて雄介を覗き込む。大きな目が月夜に反射して、昔、宝ものにしていたビー玉によく似ていた。

そういやあのビー玉は、ちょうだいって泣き喚く聡一郎にくれてやったんだっけ。

「だってお前……俺の傍に一生いるんだろ？　俺の寿命が無事に尽きるまで一緒にいるんだろ？　俺のこと守るんだろ？　そんなの……恋人どころか夫婦以上じゃねーか」

素直に口から零れた言葉の威力に、雄介は気づいてない。

その分、聡一郎の心臓が爆発した。

「なんてこと、言うんだよ……っ！　こんな、こんな通学路でさあ！　うちまで三十分もかかるのにさあ！」

聡一郎は目尻を真っ赤に染め、震える声で怒鳴った。

「え……？」

「自分が何言ったのか分かってないの？　ねえ雄介！　こんな！　通学路の途中で！　言っていいことじゃない！」

俺は、こいつがこんなに焦って怒鳴るようなことを言ったんだろうか。何もおかしくねーじゃん。恋人なら別れることもあるだろう？　夫婦だってそうだ。けど、俺とお前の関係がそれ以上のものなら、別れようがない。…………え？　俺、夫婦以上って？　え？　俺もしかして……っ！

遅ればせながら、雄介も自分の言葉の威力に気づいた。ようやくだ。

頬を真っ赤に染めて、聡一郎と向かい合う。

「わりぃ！　俺、分かった！」

「だったらさ、俺がこれから何をしたいのかもさあ！　雄介には分かってるよね！」

「分かる。分かるけど……そんなことしたら、自分がどうなるか分かんねーじゃん！　お前のこと嫌いになるかもしれないし！」

「好きになるって選択肢はないの？　ねえ！」

聡一郎に腕を掴まれ、ぐいと引き寄せられる。

通学路で、こんな風にキスができるほど顔を寄せ合って、見つめ合うことなんか、普通はできない。

「夜で、よかったと思うでしょ？」

「ああ」

「だったら、俺のしたいこと、させてよ」

昔からそうだ。

聡一郎はいつも自分の思い通りにする。子供の頃は泣けば大抵どうにかなった。三人の姉たちが、なんでも叶えてくれた。今は雄介が、聡一郎の願いを叶えてやっている。

『ゆうちゃん、一緒に寝よう』

『俺はゆうちゃんの持ってるビー玉がほしいの！　別のはいらない！　いらない！』

『ゆうちゃん、ゆうちゃんはずっと友だちだよね？』

『俺、ゆうちゃん大好き！』

……ああ、俺も大好きだよ。

雄介は少し背伸びをして、聡一郎の肩に顎を乗せた。

「雄介？」

「お前は一生かけて、明里聡一郎になっていくんだったな。だったら俺は、それを見届けるために、一生お前の傍にいるから。恋人より、夫婦よりも近い場所で、お前のこと、ずっと見てるから。その……今更すぎて、どうしようもなく恥ずかしいんだけどさ」

聡一郎の耳元に「好きだよ」と囁く。

途端に、力任せに抱き締められた。

「く、くるし……っ！」

「だから！　なんでここで言うのさ！　本当に雄介はいきなりだよね！　こんなところで言われても、俺たち何もできないんだよ？　分かってんの？　ねえ！」

「う、う、うるさい！　仕方ねーだろ、この馬鹿！」

「馬鹿じゃありませーん」

「こんな馬鹿が死神だなんて……」

「でも、雄介は、そんな俺も好き」

「もう黙れよ」

「うん。一緒に黙ろう」

そっと体を離され、見つめ合う。

今度は聡一郎の顔が近づいてくる。

「ゆうちゃん、目えつぶって」

「お、おう！」

目を閉じたら、舌で唇を舐められた。


小学生みたいにじゃれ合って、たわいのないことでクスクスと笑いながら家に着いた。

「お前は、自分ちの風呂に入ってこい」

一緒に五百蔵家に入ろうとしていた聡一郎を、玄関で押し止めた。

「なんで」

「そうすりゃ、待ってる時間が少なくてすむだろ」

言わせんなこんなこと！

視線を逸らす雄介に、聡一郎はぎこちなく「あ、はい」と言って、隣家の自宅に向かう。

雄介は玄関を駆け上がると、「お帰りなさい、遅かったですね」と自分を出迎えた疫病神に「ただいま」と言った。

「あのな！　今夜は何があっても何が聞こえてきても、絶対に気にするなよ？　そして見に来るなよ？」

きょとんとしていた疫病神は、「ああ」と声を出し、にっこり笑って深く頷いた。

「じゃあ、今のうちに夜食作っておきますね！　おにぎりも作っておきますね」

「頼んだ」

「あのね、雄介サン」

「なんだ？」

「お風呂、もう入れますから」

意味深な笑みを浮かべて微笑む疫病神の前で、雄介は顔を真っ赤にした。


いつも以上に念入りに体を洗って自分の部屋に戻ると、もう聡一郎が来ていた。

湯上がりで汗が引かないからと、下着一枚で階段を上がってきた雄介は、「着てくりゃよかった。失敗したかも」と心の中でひっそり思った。

「ゆうちゃん」

微笑んで両手を広げられても、今は素直に動けない。

「まあいいや、素直じゃないゆうちゃんも大好きだよ。こっち、来て」

伸ばされた手をおずおずと掴むと、そのままゆっくりと布団の上に転がされる。

「この前、みたいな……気持ちよすぎて訳が分かんなくなること、すんの？」

「そうだよ。でも、もっと凄いこともする」

「だったら、あんま変な単語言うなよ？　俺が萎える」

「萎えるの？　感じるの間違いでしょ」

聡一郎は目を細めて笑い、下着の上から雄介の股間に触れた。そこはすでに半分ほど硬くなっており、軽く上下に擦られるだけで、いやらしい染みが広がっていく。

「恥ずかしいこと聞くの、嬉しいよね？　今日は、恥ずかしいこともいっぱい言わせてあげるから、うんと気持ちよくなって」

低く掠れた声で囁かれて気持ちいい。

雄介は顔を逸らして低く喘ぐが、すぐに顎を捉えられて唇を押しつけられる。

唇を開けて舌を絡めるだけでなく、柔らかな舌を陰茎のように扱いて先端を吸い合う。

「ん、ふっ」

このあと聡一郎の指は、舌と同じように動いて雄介の陰茎を苛めるのだと、そう思うだけで腰が浮く。

唇を合わせずに、ねちねちと舌だけを絡めるキスはいやらしくて好きだ。雄介は口の端から唾液を滴らせて、執拗に聡一郎の舌を追う。

「だめだよ。キスだけで気持ちよくなったら、俺の出番がなくなる」

「勝手にっ、やめんなよっ」

「怒んないで。もっといいことしてあげるから」

聡一郎の指が雄介の胸を撫で回していたかと思うと、指先が乳首に触れた。芯を持って硬くなったそこを、指先でくすぐられる。

「くすぐったいってっ」

「くすぐったいところは、感じる場所なんだって」

「馬鹿、言うなっ、ん、んんっ」

「綺麗な桜色してるのに、勃ってるからエロい。こっちもふっくらしてきた」

柔らかな乳輪をそっと摘まれ、引っ張られながら、乳首の先端を指の腹でゆっくりと撫でられる。

「あっ、そこやめろっ、やだっ」

ゾクゾクと背筋をはいあがる未知の感覚に、雄介は体を捩って抵抗した。

「気持ちよすぎて怖いの？　可愛い」

はあはあと荒い息を整えようとしたのに、また胸に指が這ってくる。

くなる。


「そこ、もういいから！」

布団から飛び起きて逃げようとしたが、「だめ」と優しい声で背後から抱かれ、動けなくなる。

「膝、もう少し開いて」

膝立ちのまま何をされるのか分からないのに、体は聡一郎の言うことを聞いてしまう。

彼の両手が下着にかかり、そのまま、足の付け根まで下ろされた。

硬く勃起した雄を目の当たりにする。

「俺だけ、こんな格好、させんなっ！　お前も脱げよっ」

「うん」

聡一郎は嬉しそうに頷いて、着ていたTシャツを脱いで上半身裸になった。

「俺、雄介の可愛い乳首をもっと弄りたい」

「そんなとこ、別にっ、感じないしっ」

「試してみようね」

「試すのかよっ」

文句を言ったところで、もう一回、背中から抱き締められた。

聡一郎の胸と雄介の背中がぴたりと合わさって、二人の心臓の音が早鐘を打ってるのが

分かる。

「両方、ほら、いっぺんに摘まんで、擦ってあげるから」

「はっ、んんっ、あつ、あっ……やめろ、やだっ、そこやだっ」

ふっくらと盛り上がった乳輪ごと摘ままれた乳首は、小さな陰茎を扱くように丁寧に扱かれて、硬さを増し、一回りも大きくなっていく。

「だ、だめっ、そこっ、やっ、女にするみたいなことすんなっ、やだっ、やだあっ、あ、ああっ」

「感じてるでしょ？　ここをくにくにされると気持ちいいよね？　可愛いおっぱいで、もっと感じて」

恥ずかしい言葉を耳元で囁かれると、ぴくぴくと陰茎が震えるのが見えた。

胸の愛撫に感じて鈴口は先走りを溢れさせ、腰が揺れる度に糸を引いてシーツに垂れていく。

「や、ぁっ、聡一郎っ、そこやだよっ、俺、そんなとこで気持ちよくなりたくないっ」

「女の子になっちゃうから？　そうだね、ゆうちゃんはどこから見ても男なのにね。おっぱいを弄られて女の子になっちゃうね。恥ずかしい？」

「んぅっ、はっ、やめろ、よっ、その言い方あっ」

胸を弄る聡一郎の手首を掴み、引き離そうとするが、乳首まで強く引っ張られた。

痛くて気持ちがいい。ドン、と大きな熱が股間に下りるような快感に、雄介の目に涙が溜まる。

「今のうちに、いっぱい気持ちよくなって。そうすれば、痛いことされても気にならなくなるから。ね？　ほら、もっとおっぱい弄ってあげる」

囁く聡一郎の声も興奮して上擦り、尻に押し当てられている陰茎も硬く熱い。

「俺も、ゆうちゃんに触って気持ちよくなってる。分かる？　俺がどんだけ興奮してるか」

制服を着た聡一郎は美形だが、どこか綿菓子のようにふわふわとしていて、可愛さがある。確かに男なのだが、女子高生が理想とする王子様のような雰囲気があった。

なのに今、自分を抱き締めて意地悪い愛撫をしている男は、王子様の面影なんかこれっぽっちもない。

「この、死神、やろうっ」

「うん。可愛いね、ゆうちゃん」

「やっ、あ、だめっ、ちくしょ」

「もっと可愛い言葉が出てこないの？　おっぱい気持ちいいとか、もっと弄ってとか、このままイかせてとかさ」

「言うかっ！　つかお前！　そんなこと口にすんなよ！」

「セックスしてる間しか言わないんだから、いいでしょ？　それに俺、エロ話をしないゆうちゃんに、エロいことといっぱい言わせたい」

そんなの言ったら憤死するっ！

雄介は涙目で首を左右に振るが、聡一郎は「言わせるから」と低い声で笑った。


随分と用意周到だと思った。

雄介は、ローションを掌で温めている聡一郎を見つめながら、どこで買ったんだと心の中で突っ込みを入れた。

「こんなもんかな？　ゆうちゃん、布団に寝転んで」

「……どこに使うんだよ、それ」

「いろいろな場所」

お前のその笑顔がどうも信用できない。でも、体はこのままでは収まりがつかないので、仕方なく従ってやる。

「こっ、これで……いいのか？」

「うん」

相変わらず下着は足の付け根まで下ろされたまま、雄介は仰向けに寝転がった。

とろりとした透明な液体が、胸を流れていく。

聡一郎の掌がローションを優しく伸ばしていった。

「なんか、変な、感じ」

「気持ちよくない？」

「んっ、ちょっとは……いい、かも……っ……あ、よくないよくないっ！　それやだっ！」

ローションで滑りがよくなった指先が、勃起した乳首を扱く。

「あ、あ、あっ、ああっ、そこ、聡一郎、そこ……っ」

「おっぱい気持ちいいね、ゆうちゃん」

「んーっ、んんっ」

ぬるぬるの乳首を指の腹で強く擦られて、雄介はぐっと背筋を逸らして快感に喘いだ。

気持ちよすぎて頭が真っ白になる。

「あっ、気持ちいいっ、聡一郎、気持ちいいっ、やっ、やめんなよっ、もっと弄って、そこっ、そこそこっ」

よすぎて涙が出てくる。

緩やかに焦らされると腰が勝手に揺れた。胸だけでこんなに気持ちよくなってしまったらだめだと思っても、ねだる台詞は止まらない。

「凄く可愛い。ゆうちゃん」

「聡一郎、なあ、もっとしろよ。お、俺の……」

「ん？　何？」

「分かってるくせに！」

「でも、ゆうちゃんの声で聞きたい」

意地悪。

雄介は両手を伸ばして聡一郎の頬を包み、「乳首、もっと弄って」と泣きべそ顔でねだった。

「ゆうちゃんがこんなにエロくて素直なのを知ってるのは、俺だけでいいからね？　他の誰にも見せちゃだめだよ？」

「お前以外に見せるヤツいるかよ！　さっさと俺を気持ちよくしろよ！　もう頭がおかしくなる！」

これもある意味逆ギレだと思う。

恥ずかしくて仕方ないときの照れ隠しも、ちょっと交じった。

「……うん。愛してる、愛してるよ、雄介」

怒鳴られて嬉しがるなんてとんだMだ。やっぱりこいつはMで、俺がSなんだ。

雄介はそう思いながら、聡一郎の指の動きに素直に喘いだ。


「……そんなものが、本当に俺の尻に入るのか？」

乳首の愛撫で気持ちよく射精した雄介は、気持ちいいだるさの中、聡一郎の股間を見つめて尋ねる。

「入るよ。というか、入れる。絶対に入れる」

「最悪だ、お前」

「だから……その前にしっかり準備するからね？」

「それって、こないだの……アレか？　尻に指入れて……広げるヤツ」

「うん。覚えていてくれてありがとう」

「衝撃的だったからな」

「二度目なら、もう大丈夫」

「指よりデカイものが入るのに？」

「……だから気持ちよくしてあげたでしょ？　体ふにゃふにゃに柔らかくなってるよ？」

聡一郎の指が胸から下腹にするりと下りていく。

体は柔らかい方だが、ふにゃふにゃと言われるほど柔らかいかと聞かれたら首を傾げる。

「俺、眠くなってきた」

「寝ないで！　今日だけは起きてて！」

「気持ちよければ起きてるから、さっさと続きしようぜ」

聡一郎は泣きそうな顔でこっちを見ていたが、やがて小さなため息をつき「ゆうちゃんって、天然すぎてたまに辛い」と言った。


ローションと指で慣らされているだけなのに気持ちよくなるのが気恥ずかしい。

穴を弄られて喘ぐなんて男じゃないと思ったけれど、さっき乳首を弄られて散々恥ずかしい台詞で喘いだので、あまり気にしないことにする。

「ゆうちゃん、痛くない？」

「へ、へーキ」

いつまでもそんなところを見てんじゃねーよ、と、怒鳴りたくなるほど後孔をチェックされ、雄介は体をムズムズさせた。

「そうだね、柔らかくなったたし、こんなに広がるし」

くちゅといやらしい音が響いた。

「お、お前……っ、そこ広げて……どうすんだよっ！」

「あ、分かった？　ゆうちゃんのお尻、凄く柔らかくて、指三本で結構広がってくれるんだ。中まで見えるよ」

中まで覗かれてる。

その事実に、雄介の陰茎がびくんと反応した。

「そんなところ、見るな」

「ゆうちゃんの体はどこもかしこも俺のものなんだから、全部見せてよ」

「やだ」

「こんなに硬く勃起させてるのに、可愛いこと言わないで。エロい人」

「お、お前がっ！　エロくしたんだろうがっ！　俺のせいじゃねーよ！」

「ゆうちゃんっ！」

「ふぐっ！」

雄介は自分がどれだけ聡一郎を奮起させたのか分からないまま、腰を持ちあげられた。

「い、今から！　俺はゆうちゃんの中に入ります！」

「いちいち言うな！」

「記念だから、記念っ！」

「痛くしたら、二度としねー。よく覚えておけ」

ビクンと、聡一郎の動きが止まった。

そして彼は、深呼吸を何度かして、気持ちを落ち着かせる。

「そうだった。ごめん。俺って、ゆうちゃんの殺し文句に耐性なくて」

「そんなの言ったか？」

「うん。じゃあ、ゆっくり入れるから……痛かったら手を上げて」

「歯医者か」

「違うけど……でも、歯医者ってちょっとエロいと思う」

「そんなこと思うの……んっ、お前、だけ……っ」

下らない話をしながら、ゆっくりと聡一郎が入ってくる。

思っていたほど苦痛はないが、圧迫感が凄い。下から内臓を食われているような、そんな不安な気持ちになってくる。

「辛い？」

「へーキ、だけど……っ、聡一郎、ちょっと」

雄介は聡一郎に両手を伸ばし、おずおずとしがみついた。

「こっちの方が、安心するっ」

「ほんと、ゆうちゃんは俺を煽るのが上手いから困る。……優しくしたいのに」

「馬鹿。そんな気を使うな。お前らしくない」

「もーっ！　ゆうちゃん愛してる！」

言うんじゃなかった。

いきなりの衝撃に、雄介は心から後悔した。

苦しくて激しくて、体の中と外を聡一郎で繋ぎ止められていて、息が詰まる。

声を出すのを忘れて何をしたかというと、雄介は聡一郎の肩に噛みついた。

それ以上動くなと態度で警告した形になったが、聡一郎は気にせずに腰を使う。

「ゆうちゃん、中、温かくて……凄くいいっ」

「馬鹿っ、いきなり、すぎるんだよっ」

「俺だけ、気持ちよくなることっ、しないからっ」

「もういい、俺はいいっ！　いっぱいいただきました！」

「何言ってんの。笑わせないで、萎えるから」

「だって、もう、これ以上、でねー……っ」

腰を動かしている最中に下らないことを話していると思う。でも今の二人はこれが精一杯だった。

「大丈夫だから、ね。俺と一緒に気持ちよくなろうよ」

「馬鹿」

雄介は、自分の歯形がついた聡一郎の肩をそっと舐める。

「キス、しようよ」

「ん。いいぜ」

そっと口を開いて、キスを交わしながら腰を動かす。

あまり気持ちいいとは言えないが、それでもどうにか慣れてきた。ローションの力は偉大だと思う。

「ん、ふっ」

聡一郎が突いてくる位置が少し変わった。

そこを突かれると体の中がピクピク動いてもどかしい。

「ふぁ、あっ、んんっ」

乱暴に突かれると、下腹に力が入る。気持ちよくて足が伸びてしまう。

「聡一郎っ、なんか、すげっ、気持ちよくてっ、俺っ、あああっ」

体の中の一番感じる場所を暴かれて、聡一郎の陰茎に激しく嬲られる。

乳首を弄られて達したときとは違う、泣きじゃくりたいような切なさと快感に、雄介はもう正気を保てない。

「もっと突いてっ、もっと奥っ、奥がいいっ、聡一郎っ」

「ここ？　ここがいいんだね。凄く締め付けてくる。可愛いよ雄介」

ねだりながら乱暴に突き動かされるのが気持ちいい。

「聡一郎、もっ、我慢できないっ」

「だめだよ。もう少し我慢して。俺と一緒に射精して？　ね？　ほら、浅いところを弄ってあげるから」

「あーあーあーっ、そこ、もっとだめえっホントに、だめだめっ、漏れちゃうっ」

「こんな緩いのに感じちゃうの？　ゆうちゃんは本当にエロいね。セックスが大好きだね？」

「ばかあ……、お前とするのが好き、凄く、気持ちいいんだからあ」

「ああもう、俺ももうだめだよ」

聡一郎に耳元に「うんとエロい声出して」と囁かれ、再び乱暴に突き上げられた。

声が出ているのかさえ分からない。そもそも言葉になっているのか。

広げていたままの足を聡一郎の腰に絡めると、いっそう深く繋がっていく。気持ちいい。

このまま死んでもいいくらい気持ちいい。

「んっ、んん、んーっ、出る、出るから、俺もう射精するっ」

快感も過ぎると、嬲り殺しされるのと同じだ。

つらくて気持ちよくて、訳が分からなくなって涙が溢れる。そして、下腹に力を入れてだらしなく射精すると、少し置いて体の中に温かなものが注ぎ込まれたのが分かった。

「これで、雄介は俺のもの。俺の恋人、俺の伴侶。死んでも、愛してる」

「物騒な、こと……言いやがって……」

「ごめんね。でも気持ちよくて幸せって、凄い幸せだよね」

「気持ちは分かるけど、言い方がおかしい」

「いいの。ゆうちゃんは俺を大事にしてくれれば」

「してるだろ」

「もっと他人にも分かるように」

「してるだろ」

「……じゃあ、一日一回は必ず愛してるって言って」

「ウザイ」

「でもゆうちゃんは、そんなウザイ俺も好き」

「バーカ」

雄介は聡一郎の胸に肢体を擦りつけて甘えるが、ふと我に戻って、「布団の洗濯はお前の仕事だからな」と冷静に言いつけた。


翌朝、普段使わない筋肉を使ったせいで体中が痛い雄介は、聡一郎の手を借りて、子鹿のようにプルプルと足を震わせながら、一階に下りてきた。

「おはようございます！」

「おはよう……あれ？　えっと、どこのどちら様？」

着物姿の目映い美形青年など、この家にはいない。自分たち以外では疫病神だけだ。

まさか。

雄介はおそるおそる「疫病神サン、ですかね」と聞くと、青年は晴れやかな笑顔で「福の神に、座標が移動しました」と胸を張る。

「ああ、俺たちの恋愛が成就したから、それで」

「はい死神サン。でも、ま、俺は大してお役に立てなかったので、これはきっと、特別措置なんだと思います。福の神のレベルも低いですしね」

「レベル……なんてあるんだ」

「はい。私は疫病神としてはレベル八十五ですが、福の神に座標が変わった途端、レベルが三になってしまいました」

なんつーレベルの疫病神をつけていたんだ！　俺は！

雄介は冷や汗を垂らして「そうか」と頷いた。

「天の采配ということかな。俺の死神の力も戻って来たみたいだし。これで、ゆうちゃんを物理的に完璧に守れるよ。バリア張っちゃうもんね、俺」

「そういうSFとかファンタジーなのはやめろ。絶対にやめろ」

これで変な風に聡一郎が目立ったら、余計なファンが増える。

雄介は、今以上聡一郎にファンが増えてほしくなかった。言わせてもらえるならば、聡一郎を見るのは自分だけでいいと思っている。

「……と、いうわけでございまして、俺は福の神として修行をするために座標に戻ります。短い間でしたが、本当にありがとうございました。またいつか、お会いしましょうね」

疫病神改め福の神は、深々と頭を下げて、溶けるように消えていった。

「キモかったけど、そんなに悪いヤツじゃなかったな」

「ゆうちゃん、死にかけたのすっかり忘れてるから！」

「まあ、喉元過ぎれば熱さ忘れる？　みたいな？」

「忘れないでよ！　俺を一人にしたら許さないからね！」

「ふーん」

「俺が一人になりたくないんです。お願いだから捨てないで、ゆうちゃんっ」

朝っぱらから涙目で縋る聡一郎に、雄介はにやにや笑いながら「俺の独占欲を舐めんな」と言った。


学校についたら、早速宇野と栄浪に疫病神のことを伝えようと思った。

が。

桜ヶ山駅の改札口を抜けたところで、この前遭遇した、制服の可愛い三人組と出会う。

「私たち！　あなたにずっと言いたいことがあったの！」

周りは「お？　なんだなんだ？」「ここで告白か？」と遠巻きに見る。

「あのね、ここはみんなの迷惑になるから、場所を移ろうか」

「それがいいと思う」

聡一郎が女子三人を移動させようとするが、彼女たちは「ごめんなさい、あなた用じゃないの」と言って、視線をキッと雄介に向ける。

「え？　俺？」

「そうよ！　怖いから面と向かって言えないことを、この手紙の中に全部書いたんだから！　ちゃんと読みなさいよ！」

プルプルと手を震わせながらファンシーな手紙を差し出す女子たちを見つめ、雄介は「ああ」と頷いて手紙を受け取った。

どうせ内容は、聡一郎に近づくなとか、宇野君の傍にいるなとか、そんなものだろう。

その手の手紙は、中学の頃からよく下駄箱に入っていた。

本来なら受け取る筋合いはないが、直接渡しにきた彼女たちの勇気をたたえ、受け取ることにしたのだ。

彼女たちは「よし！」と気合いを入れて、再び改札の中に走って行った。これから一駅先の自分たちの高校へ行くのだろう。

「ゆうちゃん！　そんなのもらわなくていいのに！　俺が捨てる俺が！」

「おい、人の手紙を勝手に捨てるな！」

「だってー！」

「泣くな！」

「泣いてなーいーっ！」

いつものように親友漫才を繰り広げている背後から、「目が覚めるわ、その声」と宇野が話しかけてきた。栄浪もあくび交じりに「おはよう」と手を振る。

「果たし状をもらってたな、五百蔵」

「おう。まあ、取りあえず読んでから、捨てるかどうか考える」

「開けて読んでみろよ。面白いこと書いてあるんじゃないか？」

宇野は好奇心丸出しだが、栄浪は「やめろ」と反対する。

聡一郎は中身をすぐに見たい派で、結果、雄介が受け取った手紙は、登校途中に広げられた。

いおくら君が、どうしていつも明里君の傍にいるのか分かんない。
凄くずるいと思います。
だから、そんなあなたなんか、祝われちゃえばいいのよ！
明里君は女子の王子様なんだから、あなたの方が近づかなければいいの！
だから絶対に近づかないで！　ホントに祝うから！
ホントにホントに、祝っちゃうわよ！
私たちのおまじないって凄いんだから！
祝われたらどうなるか、思い知ればいいのよ！
私たちには、それだけの力があるの。
この手紙を読んだら、すぐに実行して！
いくら怖いあなたでも、祝われたら大変なことになるんだから！
分かってる？　ホントに祝っちゃうわよ！
じゃあね明日からよろしくね！

四人で顔を近づけ合って、中身を読んだ。

「俺の名字って難しいかな。ひらがなかよ」と雄介。

「うん、でも……」と言葉を濁す聡一郎。

「字は可愛いよね。小学生みたいだけど」と宇野。

栄浪は我慢できずに「ブフッ」と噴き出し、腹を抱えて笑い出した。

それは瞬く間に他の三人に伝染する。

「い、祝われちゃうよ俺！　祝ってくれよ！」

「いやこれ、破壊力凄い！　ゆうちゃん、この手紙絶対に取っておこう！」

「ほ、ほんとに祝っちゃうわよっ！　って！」

登校途中の生徒たちは彼らの笑いっぷりにぎょっとするが、四人はそんなの気にしない。

膝をカクカクさせて、学校までの道を笑いながら歩いた。

「ねえゆうちゃん、こんなに祝ってもらえて、ホントよかったね！」

「まったくだな。けど俺は、お前から離れたりしねーから」

「俺の方がゆうちゃんから離れませんっ！」

ガッといつものように聡一郎が雄介の背に抱きつく。

「お前らホント、いろいろと上手くいったようでおめでとうございます！」

宇野がニヤニヤと笑い、栄浪は「赤飯か！」と真顔で言った。

「うん。俺たち離れませんから〜。これからもよろしくねー」

聡一郎は雄介に引き摺られていく。

いつもなら、ここで「ウザイ！」と言って聡一郎を引き剥がすはずの雄介は、今日は頬を赤くして「馬鹿か」と悪態をつくだけだった。


家事部には、一年生が十四人仮入部した。

そんな広くない部室が、今は男たちでギュウギュウに詰まって息苦しさを感じる。

大体が聡一郎と宇野に憧れて入ってきただろう、なかなかの美少年揃いで、一時期家事部は「ホスト部に名前を変えろ」と笑われた。

モデルをしている宇野はともかく、年がら年中雄介にまとわりついている聡一郎が、一年に慕われるのが雄介は不思議でならない。

「……やっぱり、顔なのか？」

パソコン室を借り、浴衣の縫い方を検索しながら雄介が呟いた。

「なんか言った？　ゆうちゃん」

「毎日モテモテでよかったなって言ったんだ」

「何それ、嫉妬？　ゆうちゃん嫉妬してくれたの？　俺嬉しい！」

聡一郎は掴んでいたマウスを放り投げ、雄介の体を勢いよく抱き締める。

「お前、学校でこういうことすんなよ」

「嫉妬するほど俺が好き〜」

「後ろの席に、情報処理部の連中がいるんだけど。パソコン借りてるんだから、そいつらにキモいもの見せんなよ」

雄介はそう言いながら、聡一郎の腕からするりと抜け出した。

そして、後ろを向いて「こいつが馬鹿で申し訳ない」と、場を提供してくれた情報処理部の二年生に頭を下げる。

彼らは「いつものことだから」と笑ってくれるが、聡一郎は「ゆうちゃん補充！」と言ってはばからない。

だから奥の手を出す。

「それ以上触ったら、二度としねー」と。

聡一郎は「ずるいよ」と言いつつも、たちまち大人しくなった。

部長の熊天使こと友坂は、自分が巨体で威圧感があるので、小さい子たちが入ってきてくれて嬉しがった。

用意周到な副部長の高浦は、「今年の文化祭は、書生喫茶か稚児喫茶だな」と密かに売り上げを計算した。

困惑したのが雄介と栄浪だ。

今日も今日とて、聡一郎の周りには一年がまとわりつき、「美味しいケーキを食べに行くのも必要だと思います」「俺んち、ご飯旨いんで食べに来てください」と積極的に口を動かしている。

「なんなんだ、あの稚児どもは」

「栄浪、古い古い、単語が古い」

「明里も、さっさと追い払ってしまえばいいのに」

「……なかなかの過激派だな」

「ああいう、チャラチャラして汗拭きシートとかいつも持ち歩いて、昼におにぎり一個で足りてそうな男子高生は、実は一番苦手」

栄浪は、雄介に負けないくらい眉間に皺を作り、ふうとため息をつく。

二人は今部室の端っこで、懇意にしている呉服店から届いたつづらから、反物を取り出しながら、ボソボソと会話していた。

ちなみにその反物は浴衣になる。文化祭のために、浴衣はすべて自作だ。

「チャラいで言えば、宇野も聡一郎もかなりのチャラさだと思うがなー」

「あれだけ美形であればなんとも思わない。むしろ、イメージを気にしろと思う」

真顔で言い切る栄浪に、雄介は笑いながら頷いた。

「あれだ。身近にいる美形のレベルがメチャ高いと、周りはどうでもよくなっていくよな」

「ああ」

「何人残ると思う？」

「よくて半分。最終的に二、三人ってところじゃないか？」

現在家事部は総勢六名。

この人数で部活動が認められているのは、部長の家事の腕と、「美味しいものが大好き」な教員のお陰だ。そうでなければ、普通は同好会の扱いになる。

「俺はもう少し残るんじゃないかと思う。ほら、宇野にも聡一郎にもくっつかないで、黙々とレシピ集を読んでるヤツがいるじゃん」

確かに四人ほど、代々家事部に伝わるレシピ集を真剣な顔で読んでいる一年生がいた。

「真面目な後輩がほしいな」

栄浪の呟きに、雄介は「俺もだ」と頷いた。

ボソボソと話し込んでいたところに、聡一郎が「俺も手伝う」と言って近づいてくる。

モデルの仕事は、なるべく土日に集中させていたはずの宇野は、今日の撮影だけは仕方がないと、授業が終わるのを待ち構えていたマネージャーに連れて行かれた。

だから、宇野の分も一年生を指導しなければならないのだろう。

ちやほやされるのが大好きな聡一郎も、さすがにうんざり顔で「辛い」を連発する。

「先輩なんだから、それくらいで辛いとか言うな」

「だって、ゆうちゃんが俺を構ってくれない」

「俺は俺でやることがあるんだよ」

「それって、俺を構うより大事なこと？」

「そうだ」

「ゆうちゃんて、俺の恋人だよね？　ねえ？」

泣きそうな顔でいきなり詰め寄られ、雄介は眉間に皺を刻む。

隣に栄浪がいるじゃねーか！　そういうことは、二人のときに言えよ！

心の中で思いっきり突っ込みを入れてから、聡一郎を睨んだ。睨んで何も言わない。

「俺のことなら、別に気にしなくていい。二人で心ゆくまで話し合ってくれ」

栄浪は「あはは」と笑いながら、反物を抱えてその場から離れた。

そして、一年に「今年はまず、浴衣を作るところから始める」と言い放つ。

「……ほら、栄浪もああ言ってくれたことだし」

浴衣製作にどよめく一年生を無視して、聡一郎は「愛」を要求した。

「お前、頭がいいのに本当に馬鹿だな」

「え？」

「俺が、他人がいる前でそういうことを言うヤツだと思うか？」

聡一郎の表情が、笑顔から「しまった」に変わる。

「バーカ」

雄介は低い声でそう言って、反物を持って立ち上がった。

「そんなの聞いてません」

「やったことないからできません」

「料理だけかと思ったのに」

大体、理由はこの三つだった。

仮入部した一年生のうち十人が、浴衣用の反物を前にして「無理」と首を左右に振って去って行った。

残った四人は「やったことないからやってみたい」「教える人がいるならどうにかなるだろう」「縫い物は得意だし」「何か楽しそうだし」という理由で残った。

大ざっぱだが、最初から肩に力が入っても続かないので、これくらいが丁度いい。

「栄浪、グッジョブだな」

雄介は、かなり居心地がよくなった部室の中で、笑みを浮かべて友を讃える。

「俺たちのときを思い出した。あのときは確か、高浦さんが『手縫いで雑巾を作りましょう早さ対決をしまーす』って言ったじゃないか。そんなのやってられるかって、帰った連中、幽霊部員になる気満々だったし」

確かにそういうことがあった。

桜ヶ山高校に入学した生徒は、原則的に部に入部しなければならない。そこでどんな活動を行ったかが内申に響くし、進学の際に推薦にも影響が出るので、みな必ずどこかの部に所属する。

大抵、面倒くさがる連中は運動部には所属しない。何せ、桜ヶ山高校の運動部は全国レベルで、「部活動ウフフ〜」という軽い気持ちでは続かないからだ。

かといって吹奏楽部は楽器を扱えないとだめだし、あの部はある意味運動部以上に運動部なので、軽い気持ちで入部できない。

美術部はのんびりとしているが、それでも、学校行事には散々駆り出されて大変で、天文部や情報処理部はマニアすぎてついていけない。かといって茶道部や華道部はガラではなかった彼らが目を付けたのが、いつもほのぼの料理を作っている家事部だった。

「あいつら結局、マン研と読書部に入ったもんな」

雄介はクスクス笑い、栄浪は「真面目に活動すれば楽な部なんて一つもないってのに、甘い考えだ」と低い声で言った。もっともだ。

今は、腹をくくってくれた四人の新入部員を歓迎しよう。

照れくさそうにこっちを見ている小さな一年坊主に、雄介は「取りあえず、好きな色の反物を選んでいいぞ」と笑いかけた。

「頭いいことしたな、五百蔵」

遅れて部室に入ってきた高浦は、「我らが部長は、今日は家庭の事情で欠席」と言いながら、それぞれ気に入った反物を両手に持ってニコニコしている一年を見つめて感心する。

栄浪は軽く頷き、聡一郎は首を傾げる。

「え？　どういうこと？」

「明里は分からないのか？　お前は頭はいいのに馬鹿だな。年功序列の高校生活。先輩は絶対的な存在になる。玉石混淆《ぎょくせきこんこう》のお宝から自分の好きな物を選べって話になったら、まず三年生から選ぶだろ。そこに平等なんて存在しない。で、一年は大体、先輩たちの余り物から選ばなきゃならない。だが五百蔵は、まず一年生に選ばせた。この意味は分かるか？」

高浦の説明に、聡一郎は少し考えてから、「あ」と声を上げた。

「選び放題の中から、この柄がいいって選べた反物だと、浴衣製作のモチベーションが違うってことですよね？」

ドヤ顔で言う聡一郎に、雄介は「分かるのが遅い」と突っ込みを入れる。

そして一年生は恐縮していた。

「あのね、一年生。五百蔵は顔は怖いし、口もあまりよくないけど、気配りができるいい先輩だから、困ったことがあったらなんでも相談すればいい。あと、こっちの武士みたいな栄浪も、真面目な相談には真剣に乗ってくれるから安心しとけ」

副部長が言うならそうなんだろうと、一年生は尊敬の眼差しで雄介と栄浪を見た。

「俺のライバルを増やしてどうするんですか？　高浦さん」

「何を言ってるんだ？　明里。一年がライバル？　最高じゃないか下克上。そして恋愛には波風が立つもんだ」

「勝手に立たせないでくださいよ」

「ははは、乗り越えろ」

高浦はそう言って、コピーされた浴衣の縫い方をみんなに配った。


「高浦先輩は、俺とゆうちゃんの仲を裂こうとしている」

「随分と面白い思考をした脳みそだな。中身を見てやろうか？」

部活終了後の、特別教室が並ぶ二階フロアのトイレで、雄介は聡一郎の馬鹿発言にため息をついた。

栄浪は「今日は祖父母が来るので先に帰る。またあした」と言って、早々に帰ってしまった。

「俺の頭は正常ですー」

「単に、からかってるだけだろ。あの人はお祭り騒ぎが好きだから」

「俺たち真剣なのに、からかわれるのはいやだ」

聡一郎はムッとした顔で、用を済ませて手を洗い、温風乾燥機に両手を突っ込む。

「そういうことは、俺が分かってればいいことじゃねーの？　聡一郎」

ちょっとからかわれたぐらいで終わるような仲かっつーの。ホント、馬鹿だなこいつ。

でもその馬鹿なところが可愛いんだと、雄介は聡一郎を見つめた。

「分かってるけど……でもたまに、放送室を乗っ取って『俺たち付き合ってるからゆうちゃんに手を出さないで』って宣言したくなる」

「あー……それやったらな」

「うん」

雄介は晴れやかな笑顔で「お前を殺して俺も死ぬ」と、愛は深そうだが大変物騒な宣言をする。

「う、嘘です。思っただけです。俺はゆうちゃんが無事寿命をまっとうできるように、日々努力するつもりです」

「分かればいい」

「分かったからさ、ゆうちゃん」

温風乾燥がまどろっこしいと、雄介はハンカチで手を拭った。

「なんだ？」

「俺、今、チュウしたい」

「死神ってヤツは、家まで我慢ができない生き物なのか？　おい」

「俺は人間と融合してるから、この衝動は人間のものです。ゆうちゃんの大好きな明里聡一郎は、ゆうちゃんにキスしたいです」

トイレの壁で、二度目の「壁ドン」。

場所を選べよお前！

雄介は眉間に皺を寄せて、聡一郎の頬をつまんで引っ張った。

「痛いよゆうちゃん」

「ここ、トイレだぞ」

「じゃあ、部室に戻る？　俺、鍵を預かってるし」

「絶対にいやだ」

学校では「恋人同士のいちゃこら」はしたくない。部室なんてもってのほかだ。いたたまれなくて部活動に集中できなくなる。

雄介は「家まで待て」と言ったが、聡一郎はしょんぼりした顔で「俺もうこんななのに、待てない」と、下肢を押しつけてきた。

「なに……勃たせてんだよ……っ」

「制服姿のゆうちゃんとセックスしたいなーってふと思ったら、こんなことに。しかも、一年生たちに熱い視線で見つめられちゃってさ。ゆうちゃんを熱い視線で見つめていいのは俺だけなのに。一年生危険すぎる。今度、見えるところにキスマークつけてもいい？ここらへん」

聡一郎はワイシャツの襟の少し上を指さして、「ね？」と可愛らしくお願いしてきた。

……が、雄介がそれを承知するわけがない。

「誰がさせるかよ。信じらんねー」

「でもゆうちゃんだって、エロいこと好きだよね？」

「それはそれ、これはこれ。想像しても実際にやろうなんて思わない」

「俺たち、まだ一度しかセックスしてないんだよ？　あれから何日経ってると思う？　一週間、七日だよ！」

「一週間は七日に決まってんだろ！　あと声大きい」

「ゆうちゃんだって大きいじゃん！　守衛さんに見つかったらどうすんのさ！」

「喧嘩してたって言えばいいだろ！」

「あ。……………そっか。誰も痴情のもつれだなんて思ってくれないよね……」

痴情のもつれってなんだ！　もつれたいのかお前！

またしてもしょんぼりする聡一郎に、雄介は「我が儘だな」と呆れ顔で笑い、触れるだけのキスをしてやった。

不意打ちに、聡一郎の頬が赤く染まる。

「お前のその顔、可愛くて好きだ」

雄介は聡一郎の脇の下をくぐって「壁ドン」をすり抜けると、「帰るぞ」と言ってトイレから出た。

「ま、待ってよゆうちゃん！　俺、こんな顔じゃ恥ずかしくて外出られないよ！」

「じゃあ、いつまでもそこにいろ」

「そんなの怖いじゃん！」

「死神のくせに学校のトイレが怖いとか言うな。情けない」

「それでも俺は、ゆうちゃんの恋人ですー」

ブツブツと文句を言い出した聡一郎を黙らせるには、強硬手段しかない。

ああもうほんと、俺ってほんと、こいつに甘い。

雄介は立ち止まって、周りに誰もいないことを確認すると、追いかけてきた聡一郎のブレザーを掴んでキスをする。

口を開けて舌を絡め合う、これからセックスをするその合図にもなりうる濃厚なキスだ。

誰もいない廊下の真ん中で、男子生徒が二人、こんな濃厚なキスをしているとは誰も思うまい。

それが二人を余計興奮させた。

「ゆ、ゆうちゃん……俺、もうだめ」

聡一郎の両手が雄介の尻を掴み、優しく揉み始める。

「学校では、絶対にしねーから」

ゆっくりと舌を離して、雄介が笑う。

「ゆうちゃんだって、勃ってきてるのに」

「そんなん、駅まで歩くうちに萎える」

「どうしてそう意地悪なのかなあ？　運動部はまだ練習してるから、校門は閉まらないよ」

「俺の可愛い聡一郎は、そんな下らない我が儘は言わないし、セックスも家まで我慢できるイイ子だ」

聡一郎の顔がまたしても赤くなった。ちょっと面白い。

「ゆうちゃんは俺をからかって……」

「好きだからからかうんだろ。死神でも赤面するんだな」

「しますー！」

「ほら、萎えた」

雄介は聡一郎の股間を指さし、そこが大変冷静な状態になったことを指摘する。

「勿体ないことを……」

「家に帰ったらお楽しみが待ってるんだ。喜べ」

「それってつまり……今日は一週間ぶりにセックスさせてくれるってこと？」

階段を走り下りながら、聡一郎が念を押してくる。

「……その前に、部室の鍵を返してこいよ」

「これ、もしものために俺が預かったものだから、返しに行かなくてもへーキ」

「ならいい」

雄介は下駄箱で素早く靴を履き替えると、聡一郎に向かって「駅まで競争な？ 俺が勝ったら、今夜は何もなし。お前が勝ったらなんでも言うこと聞いてやるよ！」と言って走り出した。

「な！　ちょっ！」

聡一郎は悲鳴のような声を上げ、慌てて靴を履く。

このヘタレが。やりたかったら押し倒せっての！　それを、いつも「察して〜ゆうちゃーん」って視線を俺に向けやがって！　俺が「したい」って言わなきゃ一生しないつもりなのか？　ほんとバーカ。ようやく「したい」って言ったと思ったら今度はトイレかよ！　そして学校かよ！　もう少し空気読め！　そして場所を考えずに盛るな！　この死神！

雄介は心の中でありったけの悪態をつき、スクールバッグをラグビーボールのように小脇に抱えて全速力で走り出す。

緩やかな下り坂を猛スピードで駆け下りる。

駆け足なら今まで聡一郎に負けたことはない。だから、これくらい煽ってやった方が勝負は楽しいだろう。

俺はかなり譲ってやったぞ、聡一郎！　でも、お前が俺に勝てることはない。今夜のダメ出しは場所を弁えなかったお仕置きだと思え。こうなったら、あと一週間は我慢してもらうからなっ！

そこまで思った雄介は、背後からのプレッシャーにぎょっとした。

ちらりと振り返ると、聡一郎が物凄い勢いで走ってくる。

あんな気迫のある顔を見たのは、多分初めてだった。

「なっ！　お前！」

「勝つのは俺だから！」

聡一郎はそう宣言して、瞬く間に雄介を抜いていった。

このやろう！

雄介も負けじと追いかける。

「お前の頭ん中は！　エロしかないのか！」

「今はそれでいいの！」

「よくねえっ！」

「俺の勝ちぃっ！」

スクールバッグから素早くＳｕｉｃａ定期券を取り出し、風のように改札の中に入っていった聡一郎は、両手の拳を振り上げてこっちを見た。

「なんだよそれ、洒落なんねー」

雄介はゼイゼイと肩で息をして、よろめきながらＳｕｉｃａ定期券を掴んで改札を通る。

「俺の勝ちだから！」

「知ってる」

「勝った！」

「うるせえ。周りの迷惑になるな」

通り過ぎる人は少ないが、制服を着ている限り公共の場で馬鹿はできない。

「ごめんね。でも、ゆうちゃんから誘ってもらえて俺嬉しい」

「そうですか」

「俺の気持ちが伝わったってことだよね？」

「あのな」

手の甲で汗を拭いながら、雄介は聡一郎を睨んだ。

聡一郎は「なーに？」と小首を傾げる。美形がこれをすると、凶悪的に可愛くて心臓に悪い。

雄介は心の中で「可愛すぎだろ」と突っ込みを入れた。

「したかったんだろ？」

「うん」

「だったら、俺が『するぞ』って言う前に押し倒せよ」

「でも殴られたら痛いし、ゆうちゃんのいやなことはしたくないし」

「いやがってもいやじゃねーよ。言葉の通りに取るな馬鹿。死神のくせに馬鹿」

「え？　それじゃもしかして……」

聡一郎は今までのいろいろを思い出したのか、三度頬を染める。

こういうところは、本当に可愛いと思う。ただ、本人に言ったりはしないけど。

雄介は「約束は約束だからな」と言って、聡一郎のブレザーの袖を摘まんで引っ張り、乗車ホームに歩き出す。

電車がまもなくきますと、電光掲示板が光った。

「ゆうちゃん、俺、ゆうちゃんが大好きだよ？　愛してるよ？」

耳元に囁かれる声が心地いい。

「知ってる」

「ゆうちゃんも俺が大好きだよね」

「当然だ」

聡一郎は、子供のような無邪気な笑顔を見せる。

こんな可愛い笑顔をした男が実は死神で、俺の恋人だなんて信じられない。

でも。本当のことなんだ。

雄介は指先で聡一郎の手の甲を優しく撫で回し、こっそり照れ笑いした。

あとがき

はじめまして&こんにちは。高月まつりです。

今回、久々に……学生ものを書きました。楽しかったです。めっちゃ楽しかったです。

書きながら「若い子はええなあ」とオヤジマインド全開でしたが、男子がでかい図体でキャッキャキャウフフしてるのを書くのは、楽しかったです。


キャラ的に、いいのは顔だけの情けない攻めというのも、久しぶりで楽しかったです。というか、聡一郎君は泣きすぎだと、自分で書いてるくせにそう思いました。

多分、幼なじみでなかったらきっと雄介に捨てられてる。いや……雄介の性格なら、仕方なく世話をしていたかもしれません。「俺が拾っちゃったし……」みたいな感じで。

それはそれで……聡一郎に取っては楽しい人生かもしれない。

一応、人外という設定ではありますが、今の聡一郎は人間生活を楽しんでいるので、頑張って寿命をまっとうしてほしいです。

そして、イケメンには男前が傍にいてあげてということで、雄介というキャラができました。

いつも攻めキャラの組み立てから始めるので、聡一郎のキャラが出来上がった段階で、「これはもう男前な受けを持ってこなければ」と決めてました。もうひとりの男前、栄浪要君も、一緒につるんでる宇野君がイケメンなので、当然男前に。

男前キャラはいいですな！

あと個人的に疫病神さんが好きです。ジョブチェンジするところも含めて。

イラストを描いてくださったこうじま奈月さん、本当にありがとうございました！　聡一郎のまつげの多さがステキ過ぎます。雄介の目つきの悪さも愛しいです。本当にありがとうございました！

では、次回作でお会いできれば幸いです。

プリズム文庫／既刊本のお知らせ

罪人たちの甘い薔薇

高月まつり
イラスト／高宮 東

他人に触れられるのを恐れる満は、そのきっかけとなった実父への復讐を望んでいる。実父の秘書・黎が復讐の協力者として名乗りをあげたが、その代償として満が差し出せるのは、自分の体だけだ。他人の体温に吐き気を覚えるはずが、黎から与えられる愛撫にいつしか溺れていき…。

嘘で始まるシンデレラ

高月まつり
イラスト／こうじま奈月

お見合いパーティーで運命的な出会いをしてしまった尚人。目と目が合った瞬間から、激しい恋の嵐に巻き込まれたのだ。お相手の莉音は、プリンス・チャーミングと呼ばれる、庶民嫌いの超お金持ち。それを知った尚人は、つい自分の身分を偽ってしまうが……。

この指で愛を語ろう

高月まつり
イラスト／嶋田二毛作

腰痛で整骨院に通うことになった瑞歩は、そこで元カレの惣一と再会し、彼の魔法の指使いによって、腰だけじゃなく下半身まで気持ちよくされてしまう。再会を喜ぶ惣一から今でも好きなのだと言われて心が揺らぐ瑞歩の前に、思いもよらない障害が立ちふさがって——。

素直になれないラブモーション

高月まつり
イラスト／こうじま奈月

天使のユージンと悪魔の知火は親同士が決めた許嫁。二人は魂を導くための任務で東京へと行き、エアコンもないアパートでともに暮らしはじめる。ユージンが好きな知火は、彼に釣り合うよう努力してきたのに、家柄もよく容姿端麗な彼は人気があり、浮気ばかりされてしまい……。

ロマンティックは裏切らない

高月まつり

イラスト／かなえ杏

男らしく整った容姿と喧嘩の強さで、クラスメイトから怖いと思われている理だが、実際には可愛いものやピンク色が好きな、見かけとは真逆の男だった。ピンクの制服が似合う容姿に生まれたかったと思う理のクラスに、王子様タイプの転校生がやってきて……。

光と影のラプソディー

高月まつり

イラスト／こうじま奈月

天使の直紀は同じく天使のタキと幸せな毎日を送っていたが、タキが理性と本能の二人に分離するという非常事態に陥ってしまう。理性タキは仕事一筋のお堅いタイプで、本能タキ——別名エロタキは超快楽主義。早くタキを元に戻さないと、彼は天使ではいられなくなってしまう!?

眠れる主にひざまずけっ！

高月まつり

イラスト／かなえ杏

SMクラブ芙羅明御の「伝説のご主人様」と支配人の引退——ファンを震撼させるニュースとともに、求人募集が発表された。支配人希望の嘉織は、ご主人様希望の修一に出会う。眼鏡をかけた草食系男子の修一は、どう見てもご主人様タイプには見えない。だが、眼鏡をとると……?!

モンスターズ♡ラブスクール

高月まつり

イラスト／こうじま奈月

不況の煽りを食って転職した通は、祖母の紹介により山奥の学校で働くことになった。でも、その学校……かなり普通じゃない？　生徒たち全員が妖怪だったのだ！　狐の妖怪の雪総と親しくなっていくうちに、異種族間の違いからか、結婚しろと迫られて——？

プリズム文庫／既刊本のお知らせ

縛りたいほど愛してる

高月まつり
イラスト／かなえ杏

草食系男子の皮をかぶったSMのご主人様・修一を恋人に持つ嘉織。付き合って一年たつのに、いまだに相手の名を「さん」付けで呼ぶし、素直に縛られることもできない。それに、一緒に暮らしたいと望まれてもうなずけないので、二人の愛の深さは違っていると修一に嘆かれて……。

神様たちの言うとおり♥

高月まつり
イラスト／こうじま奈月

妖怪ばかりが通う学校のクラスメートである氷翠と黒桃は、夏休みが終わる頃、互いに成長期を迎えた。成長期に入ると、より己の種族本来が持つ性質へと変貌するのだ。いつもいじめて泣かせていた氷翠が「俺様」キャラに変わってしまったことで、黒桃は戸惑わずにはいられず……。

時間を超えて愛してる

高月まつり
イラスト／前田紅葉

栄英が蔵の掃除をしている最中、百年後の未来から来たという、小説家の洋司が現れた。栄英が管理する廃屋の蔵を取材に来たという洋司だが、そんな話を簡単に信じるわけにはいかない。けれど、鬱陶しいほど人の世話をするのが好きな栄英は、洋司を放っておけず――。

運命だけが知っている

高月まつり
イラスト／こうじま奈月

人間界で生活する人外をサポートする会社に入社したのは、幽霊や妖怪などが大の苦手な康太だ。もちろん彼は、自分の入った会社が人外のためのものだとは、夢にも思っていなかった。だけど、入社初日の歓迎会で、自分の上司や同僚の正体が人間ではないと知ってパニックに!?

プリズム文庫／既刊本のお知らせ

ラブリースキン

高月まつり

イラスト／かなえ杏

『夜』がテーマの通販会社の画像処理班で働く佑は、毛深い男が大嫌いなのに、商品紹介ページの男性画像のむだ毛を日々修正しなくてはならない。それを苦痛とする彼の前に、理想的な肌の男が現れた。企画開発部の実嗣だ。見るからに触り心地のよさそうなツルツル肌で……。

ここから先は手をつなごう

高月まつり

イラスト／こうじま奈月

ムササビの妖怪と人間のハーフである真弘は、『絶対に運命の人が現れる』『出会った瞬間にこの人と結婚すると分かった』と、亡き両親から聞かされていた。いつかは自分も運命の人と出会えると思っていた真弘の家に、熊の妖怪と人間のハーフの雄偉が同居することになって——。

カテキョと野良犬

高月まつり

イラスト／こもとわか

行儀のよい上品な孫に遺産を山ほど分けてやる——亡くなった両親の思い出をけがす憎い祖父から、そんな連絡を受けた響希。遺産などいらないが、祖父を見返してやるためだけに、凄腕の家庭教師を雇って礼儀作法を身につける決意するが……。

抱きしめて離すもんか

高月まつり

イラスト／こうじま奈月

神獣・麒麟の一族である白遠には、長い間、捜し続けているものがある。それは、いとしい伴侶、蓮双の九つに砕けた魂の欠片だ。九つすべてを集められれば、ふたたび蓮双を抱きしめることができる。八つの欠片を集め、ついに一つを捜すのみとなった白遠の前に現れたのは——？

原稿募集

プリズム文庫では、ボーイズラブ小説の投稿を募集しております。

優秀な作品をお書きになった方には担当編集がつき、デビューのお手伝いをさせていただきます!

応募資格

性別、年齢、プロ、アマ問わず。他社でデビューした方も大歓迎です。

募集内容

商業誌に未発表のオリジナル作品であれば、内容に制限はありません。

ただし、ボーイズラブ小説であることが前提です。エッチシーンのまったくない作品に関しましては、基本的に不可とさせていただきます。

枚数・書式

1ページを40字×16行として、100〜120ページ程度。

原稿は縦書きでお願いします。手書き原稿は不可ですが、データでの投稿は受けつけております。

投稿作には、800字程度のあらすじをつけてください。

また、原稿とは別の用紙に以下の内容を明記のうえ、同封してください。
◇作品タイトル　◇総ページ数　◇ペンネーム
◇本名　◇住所　◇電話番号　◇年齢　◇職業
◇メールアドレス　◇投稿歴・受賞歴

注意事項

原稿の各ページに通し番号を入れてください。

原稿は返却いたしませんので、必要な方はコピーを取ってからのご応募をお願いします。

締め切り

締め切りは特に定めません。随時募集中です。

採用の方にのみ、原稿到着から３カ月以内に編集部よりご連絡させていただきます。

原稿送り先

【郵送の場合】〒153-0051　東京都目黒区上目黒1-18-6　NMビル3Ｆ
(株)オークラ出版「プリズム文庫」投稿係
【データ投稿の場合】prism@oakla.com

プリズム文庫をお買い上げいただきまして
ありがとうございました。
この本を読んでのご意見・ご感想を
お待ちしております!

【ファンレターのあて先】
〒153-0051 東京都目黒区上目黒1-18-6 NMビル
(株)オークラ出版 プリズム文庫編集部
『髙月まつり先生』『こうじま奈月先生』係

プリズム文庫

死神様と一緒

2014年12月23日 初版発行

著 者 髙月まつり

発行人 長嶋うつぎ
発 行 株式会社オークラ出版
〒153-0051 東京都目黒区上目黒1-18-6 NMビル
営 業 TEL:03-3792-2411 FAX:03-3793-7048
編 集 TEL:03-3793-8012 FAX:03-5722-7626
郵便振替 00170-7-581612(加入者名:オークランド)
印 刷 図書印刷株式会社

©Matsuri Kouzuki/2014 ©オークラ出版
Printed in Japan
ISBN978-4-7755-2348-3

本書に掲載されている作品はすべてフィクションです。実在の人物・団体などにはいっさい関係ございません。無断複写・複製・転載を禁じます。乱丁・落丁はお取り替えいたします。当社営業部までお送りください。